ベリーズ文庫

極上御曹司のイジワルな溺愛

日向野ジュン

STARTS
スターツ出版株式会社

目次

残り物には福がある？

秋も半ば――。

クラシカルとモダンが調和した気品感じる披露宴会場から窓の外を見れば、真っ赤に染まった色鮮やかな庭園の紅葉が、ゲストたちの目を楽しませていた。

気持ちよく晴れ上がった小春日和の今日、ひと組のカップルが永遠の愛を誓い、祝福を受ける。

ここは総合結婚式場『雅苑《みやびえん》』。今日はひときわ大勢の人で溢《あふ》れていた。

ワンフロア貸切、プライベートガーデンやプライベートキッチンもある人気のバンケットルームで、今まさに結婚披露宴が始まろうとしている。

「皆さま、お待たせいたしました。新郎新婦、ご入場の準備が整ったようでございます。温かい笑顔と拍手で、お迎えください」

歓談中だったゲストたちが一斉《いっせい》に静まり、その時を待つ。

「どうぞ、後方の扉にご注目ください。それでは、新郎新婦ご入場です！」

この言葉が合図になり、新郎新婦が自ら選んだ爽《さわ》やかでロマンチックな洋楽が流れると、会場内の雰囲気《ふんいき》が一瞬《いっしゅん》にして熱気に包まれた。

ドアがゆっくりと開き、新郎新婦が並んでお辞儀《じぎ》をする。

「新郎様、新婦様、おふたりお揃《そろ》いでございます。どうぞ、より一層の祝福をお願いいたします」

ＢＧＭの音が大きくなり、会場内は拍手とお祝いの言葉で溢れた。


「ふぅ……」

大きく息を吐《は》いてスタッフルームにある三人がけのソファーに腰を下ろし、そのまま横たわる。

今日の披露宴は特別疲れた。このままここで寝てしまいたい……。

ソファーにうずくまり、顔を見られないようにクルッと背を向けると、ゆっくり目を閉じた。


今日はわが街の地元の名士、いわゆる市議会議員のお偉いさん――の孫娘の結婚披露宴だった。

規模が普段の二倍以上というだけでも大変なのに、新郎新婦には全くゆかりのない市議会議員関係の方々で溢れ、おまけに自由気ままに会場内を闊歩《かっぽ》するから手に負えない。

　こんなことを言ってはなんだが、お年を召した方が多いから、そりゃあ自分勝手極まりなくて、予定通りに披露宴が進まない。

「老人会の温泉旅行か……」

　ついつい愚痴《ぐち》も漏《も》れてしまうというもの。

　でもそれをまとめ上げ、披露宴を時間通り滞《とどこお》りなく進めていくのが私、里中《さとなか》　椛二《もみじ》十九歳、ブライダルMCの腕の見せどころなのである。

　ブライダルMCとは挙式披露宴の司会者のこと。この仕事を始めて六年。私にだってプライドがある。ここで音《ね》をあげていては女が廃《すた》るというものだ。

　インカムで手の空いているスタッフに指示を入れ、会場内でさまよう人を着席させると、進行表に沿って披露宴を進める。ところどころ時間配分は変わったものの、これで大筋の流れは変わらず花束贈呈《ぞうてい》に入れる……そう思っていたのに。

　最後の最後で新郎の悪友たちが、一升瓶《いっしょうびん》を片手に裸踊りを始めてしまったから、目が点になった。

　お祝いしたい気持ちはわかる。わかるけどあれは、お祝いというよりバカ騒ぎ。予定にはない余興を勝手に始めてしまうなんて前代未聞！

「頭が痛いわ……」

インカムからは『里中！　さっさと終わらせろ！』と耳障《ざわ》りな声が聞こえ、一方的に怒鳴られる――という最悪の終末を迎えてしまった。

「何が『さっさと終わらせろ！』よ。人の気も知らないで」

さっきのことを思い出し、怒りの矛先《ほこさき》が新郎の悪友からインカムの声の主に変わる。

勝手なことばかり言って、だったら自分がやってみろっていうのよ、まったく。頭にくるったらありゃしない。

目を閉じてうずくまっていたら、あの憎きヤツの忌《い》まわしい顔しか浮かばなくなってきた。

「最悪だわ……」

急に寒気に襲われてブルブルと身震いすると、すっくと立ち上がりコーヒーメーカーのボタンを押した。

すぐにコポコポと音がして部屋中にコーヒーの香りが漂《ただよ》い始めると、それだけで心が穏やかさを取り戻す。

砂糖とミルクをたっぷり入れて飲むのも好きだけれど、スッキリしたい今の気分はブラック。香りやコク、苦みをひとりでゆっくり味わっていると、突然スタッフルームのドアが勢いよく開いた。

「椛！　お疲れっ‼」

気が緩んでいたところにいきなりの襲撃で、驚いてコーヒーを吹きこぼしそうになってしまった。

「ちょ、ちょっと麻奈美《まなみ》。もう少し静かに入ってこられないの？」

「落ち込んでるんじゃないかと思って、心配して来てあげたのに。何よ、その言いぐさは？」

いかにも親友を思いやるいい女のふりをしているけれど、麻奈美の顔は今にも笑いだしそうだ。

「その顔のどこが心配してるのよ。私で遊ぶのやめてくれる？」

同期入社でウェディングプランナーの遠山《とおやま》麻奈美とは大学からの付き合いで、気心の知れた女友達だ。こんなやり取りができるのも、親友ならではのこと。

「遊んでるのは私じゃなくて、インカムで怒鳴ってた〝あの人〟でしょ」

私の眉《まゆ》が、ピクンと跳《は》ね上がる。

「麻奈美、今なんて言った？」

「だから、遊んでるのは私じゃなくて、副社長って言ってるの。副社長って従業員のことを何よりも大切にしてくれるのに、なぜか椛にだけは当たりがキツいというか、傲慢《ごうまん》なんだよねぇ」

　今の言葉、聞き捨てならない。

「何が言いたいの？」

「ん？　何が言いたかったんだっけ？　ははっ、忘れちゃった」

「何よ、それ……」

　麻奈美はいつもこうだ。言いたいことだけ言って、最後までちゃんと話してくれない。まあそれも、もう慣れっこだけれど。

「思い出したら教えてよ。ということで、今日は麻奈美の奢《おご》りで飲みに行くぞ！」

　麻奈美の肩にトンッと手を乗せると、諦《あきら》めたように彼女が笑う。

「いいよ、奢る。いつもの居酒屋でいい？」

「やった！　麻奈美、あんたはほんとにいい女だね。私が男だったら、とっくに抱いてるわ」

　有無を言わさず麻奈美の細い身体《からだ》を、ギュッと抱きしめた。

「梳が男じゃなくてよかったわ。マジ勘弁」

「だよねぇ〜」

ふたりで顔を見合わせて大笑いすると、一気に疲れも吹っ飛んだ。


恋より仕事――。

いつからだろう。もう記憶にないくらい、彼氏がいない。

恥ずかしい話、ブライダルMCとして人様の結婚の手伝いばかりしていると、自分のことはおざなりになってしまう。

意識しているわけではないが、なぜかそうなってしまっている。なんとも悲しい萎《しお》れ女だ。

こんなんだから三つ下の妹には先を越され、いつの間にか甥《おい》っ子姪《めい》っ子がいる伯母《おば》さんになってしまった。母には早く結婚して孫の顔を見せろとうるさく言われ、父にはもう諦めたと引導を渡される始末。

こんな仕事をしているが、私としては結婚だけが幸せとは思っていない。仕事のスキルを磨《みが》いてステップアップを図ることだって、いわば女の幸せのひとつだと思っている。

そんなの単なる強がりだと言う人もいるだろう。でも今の私には相手がいないんだから、こればかりはどうしようもないじゃない。

「祥《しょう》ちゃん、生中《なまちゅう》もう一杯！」

居酒屋のアルバイトで顔なじみの祥ちゃんに大声で叫ぶと、店の奥から「はいよ！」と返事が聞こえてくる。いつもと変わらぬ雰囲気にホッとしていると、あっという間に中ジョッキの生ビールが運ばれてきた。

「椛さん、なんか嫌なことでもありました？」

人懐《ひとなつ》こい子犬系男子の祥ちゃんは、大学生だけど勘が鋭く、いつもギクリとするようなことを言ってくる。

「何？　祥ちゃんが慰《なぐさ》めてくれるの？」

七杯目のビールで酔いが回ってきたのか、やけに人恋しくなってきた。こんな時、誰かにギュッと抱きしめてほしい。

「椛さん、飲みすぎ。もういい大人なんだから、酔って絡まないでください」

九こ年上なのをいいことに抱きつこうとする私を、祥ちゃんは慣れた手つきであしらった。

「そんなこと言わないで、年上の女性を彼女にしてみる気はない？」

「あ〜それは、全面的に拒否させていただきます」

酔った勢いで言った愛の告白を一発で断られ、一瞬で撃沈《げきちん》。もちろん本気だったわけじゃない。冗談だよ、冗談。

でも本音を言えば、弱ってる時に『椛、大丈夫だよ』と抱きしめてくれるような彼が欲しい。

ビールをグビッとあおると、口の中になんともいえない苦みが広がった。

「椛、あんた最近、おっさん化してきてるよ」

麻奈美にまで呆《あき》れられてしまった私は「放っといて！」とひと言、少しベタつくテーブルに突《つ》っ伏《ぷ》すと、そのまま深い眠りについてしまった。


頭の痛みを感じて目を覚ます。そこは見慣れた自分の部屋。

「……眩《まぶ》しい」

カーテンが開けっ放しの窓からは日光が差し込み、綺麗な青空が見えた。

うん？　確か私は昨晩、麻奈美と居酒屋で飲んでいたはず。それがなんで自分の部屋にいて、外はこんなに明るいの？

重たい身体をゆっくり起こし机の上の時計を見れば、午前九時を少し回ったところ。仕事が休みならもう少し寝ていたい。でもいかんせん今日は午後から、ひと組のカップルとの打ち合わせが入っていた。うちの会社は完全フレックス制で、挙式や打ち合わせの時間に合わせて、自由な時間に出勤することができる。

さっきから何度も襲ってくる吐き気と闘《たたか》いながらベッドから立ち上がると、ガツンと痛む頭を押さえ一階へと降りる。

「おはよう……」

庭で洗濯物を干している母に声をかけると、振り向いた顔がいかにも怪訝《けげん》そうなので身構えた。

「おはようって桃、もう九時回ってるじゃない。それにあんた、昨日の夜のこと覚えてる？」

お母さん、『覚えてる？』って……。

お恥ずかしい話だが、このようなことは初めてじゃない。そんな私にいちいち『覚えてる？』とか、聞くほうも聞くほうだと思うけど。

小さく首を振り、覚えていないことを伝えると、そんな私を見た母は、大きなため息をついた。

「麻奈美ちゃんと居酒屋の若い男の子が、ここまで送ってきてくれたんだよ」

やっぱり……。

そんなことだろうとは思っていたけど、まさか祥ちゃんにまで、迷惑をかけていたとは。

「ちゃんと謝っとく」

麻奈美、祥ちゃん。誠に申し訳ない。

まずは心の中で詫《わ》び、キッチンへと向かう。

それにしても、記憶がなくなるまで飲んだのは久しぶり。ムシャクシャする気持ちを一掃《いっそう》したかった私は、普段よりハイペースで飲んでしまった。

ということは――。

私が飲みすぎた原因を作り出した諸悪の根源は、あの憎き副社長！

あの人が私に勝手なことを言って怒鳴り散らさなければ、記憶をなくし二日酔いになるまで飲むなんてことにはならなかったのに。

「やっぱりムカつく」

冷蔵庫の中から炭酸水を取り出し、それを一気にゴクゴクと飲む。強炭酸水が喉《のど》を通過すると、強い刺激と爽快感《そうかいかん》が少しだけ私を落ち着かせた。

「桃、ちょっと話があるからこっちに来て」

「話?」

また小言か。

母に呼ばれて炭酸水を持ったまま渋々《しぶしぶ》リビングに行くと、ソファーに倒れ込むように座る。

「午後から打ち合わせがあるから、手短にお願い」

まだ頭はズキズキ痛む。

母よ、もったいぶらずに早く話してはくれないだろうか。

両手で頭を押さえ目を閉じて聞いていたが、母が放った言葉にバチッと目が開いた。

「ねえ、今なんて言った?」

「だから、この家を二世帯住宅にリフォームすることにしたから」

突然すぎる母からの告白。二日酔いのこの頭では、内容をすぐに理解できない。

この家はもう古い。ところどころ傷んできているし、リフォームはわかる。でもなんで二世帯住宅なの?

私はまだ、自分の家庭を持っていない。というか、家族になる予定の人さえいない状態。それなのに、二世帯住宅にリフォーム?

それってちょっと、気が早くない？

いつか訪れるであろうその日のために、今から準備しておこうということなのか？

そうなのか？

まあでもリフォームしてこの家が綺麗になるのなら、それはそれで嬉しい。

私ももうすぐ三十歳。心機一転、仕事を頑張るために、ありがたくリフォームしてもらおうじゃないの。

姿勢を正し母に向き直ると、ニッコリ笑ってみせる。

「で、リフォームはいつから？　私の部屋は二階のままかな？」

ワクワクしながらそう尋ねると、母から意外な言葉が返ってきた。

「何言ってるの。椛の部屋はないよ。二階は菫《すみれ》の家族が入るからね」

はあ⁉　それってどういうこと？

「なんで菫の家族が、ここに住むわけ？」

意味わかんない！

菫とは、三つ違いの妹。私を若くして伯母にした張本人。

最近よく遊びに来ているなとは思っていたけれど、母とリフォームの計画を進めていたとは……。

菫のヤツ、侮《あなど》れない。

それにしても母も母だ。私だって家族なのに、そんな大事なことをなんの相談もせず、なんで勝手に決めちゃうわけ？

「私は……私はどうしたらいいのよ」

「椛、あなた今年で三十歳よ。いつまで親と暮らすつもり？　もう一人前の大人でちゃんと稼《かせ》ぎもあるんだから、今すぐひとり暮らしを始めなさい」

住むところが決まるまでは、伯父《おじ》が所有するウィークリーマンションを借りるなりして、すぐにでも出ていくように――。

そう言って母は、何事もなかったかのように洗濯を干しに戻ってしまい、残された私はひとり大混乱中。

今すぐ出ていけって、どういうこと？　それにひとり暮らしなんて、私、何もできないのに。

里中家の長女として、今日まで何不自由なく育ててくれたことには感謝している。だけど、家事はなんでも完璧にこなしてしまう母と暮らしていて、この二十九年、私は食事の支度《したく》や洗濯、掃除までやってもらってきた。私が何もできないのは、完璧すぎる母のせい。それを今さら急にひとり暮らしなんて、あまりにも非情だ。

……なんて自分勝手なことを思って、ひとり項垂《うなだ》れた。

いや、悪いのは甘えていた私か……。

親子を二十九年もやっていれば、母が一度決めたことは何があっても覆《くつがえ》らないことくらい、私だって知っている。

泣き言を言ったって仕方ない。冷静になってくると、母が言っていることもよくわかる。

ひとり暮らしを勧める一番の理由はもちろんリフォームなのだろうが、母には母の考えがあってのことだろう。

両親は世間体《せけんてい》を気にするタイプじゃない。だから三十歳にもなる娘が実家にいることを疎《うと》ましく思って、ひとり暮らしをさせようとしているわけではないはず。

自立させようとしているんだよね。

そろそろ潮時か――。

次の休みは、三日後の金曜日。その日に、この家を出よう。

そう心に決め、深呼吸をひとつ。無理に笑顔を作って立ち上がり、出勤の準備をするため洗面所へと向かった。

「お疲れさまです」

スタッフルームに入ると、真っ先に麻奈美を探す。

今日は十時から打ち合わせだったはず。そろそろ終わる頃だと思って出勤したが、どこかに行っているのか姿が見えない。

ほかにも何人かいるプランナーに挨拶《あいさつ》を済ませ、ロッカーに荷物を入れて今日使う資料を取り出した。

席は決まっていないが、いつもの定位置をゲット。回るタイプの椅子に座り、ファイルを開く。

今日の打ち合わせの相手は、三十代の落ち着いたカップルと麻奈美から聞いていた。

私たちブライダルMCが新郎新婦と打ち合わせをするのは、結婚式のおよそ三ヵ月前。式の日程から会場の選択、披露宴の内容や段取りなどは、プランナーと何度か打ち合わせを重ねているので、ある程度の流れが決まった段階で引き継ぐ。

今日は進行表を見ながら、ふたりのプロフィールの確認や、当日スピーチするゲストの名前や紹介の仕方などを話し合う。

「それにしても麻奈美、まだ終わってないのかなあ」

私の打ち合わせは午後二時だが、三時間も前の十一時に出社したのは、麻奈美に話を聞いてもらいたかったから。

突然家を追い出されることになったこの苦しい胸の内を、誰かにわかってほしい。じゃなきゃどうにも落ち着かなくて、打ち合わせに集中できない。

しびれを切らし麻奈美を探しに行こうと席を立つ。と同時にスタッフルームのドアが開いた。そこから顔を覗《のぞ》かせた麻奈美を見つけると一目散に駆《か》け寄り、彼女の腕をつかんでスタッフルームから連れ去った。

「ちょ、ちょっと椛！　どこ行くのよ？！」

「黙ってついてきて」

説明している暇はない。

途中自動販売機でペットボトルのお茶を二本買い、スタッフルームと同じフロアの一番奥にある、普段はあまり使うことのないフリースペースに麻奈美を座らせた。

「ここなら大丈夫か」

私も麻奈美の隣に腰を下ろし、逃げられないよう彼女にピタッとくっつく。

「な、何よ……」

不審がる麻奈美に顔を近づけると、大きなため息をつきガックリと肩を落とした。

「家を追い出されることになった」

「はあ⁉　どういうことよ、それ？」

「二世帯住宅にするらしい。妹の家族と暮らすから、ひとり暮らしをしろって」

　二十九歳にもなって恥ずかしいが、涙がポロッとこぼれそうだ。

「昨夜《ゆうべ》のことが引き金？　おばさん、かなり怒ってたからね」

「そうなんだ。麻奈美にも迷惑かけたね、ごめん」

　リフォーム自体は、昨日今日に決まったわけではないだろうが、そのことを私に伝えようと思ったのは、昨日のことが引き金になったのかもしれない。

「で、どうすんの。アパートでも探す？」

「うん。でも決まるまでは伯父のウィークリーマンションで暮らす。そこなら家電も、ある程度の家具も揃ってるし、なんとかなるよね？」

「なるよね？って、桃はなんの心配してるの？」

「そ、それは……」

　言いにくい。

　麻奈美とは長年の付き合いで、私が料理ができないことは知っている。けれど、家事全般できないなんて知られるのはちょっと……。

　ひとり暮らし歴十年の麻奈美に、そんなこと、どうやって伝えればいいの？

でもこのままグズグズしていても埒《らち》があかない。ここは恥を忍んで麻奈美の正面に立ち、ガバッと深く頭を下げた。

「麻奈美、一生のお願い！　ひとり暮らしの仕方、一から教えてください」

笑われるのを覚悟して頭を下げたというのに、麻奈美からなんの反応もない。その代わり、私の頭上に落ちてきた声は……。

「へぇ〜。椛、ひとり暮らし始めるのか？」

こ、この声は――。

恐る恐る顔だけ上げると、そこには意地の悪い微笑《ほほえ》みを口元に浮かべた副社長が立っていた。

なぜ、このタイミングで現れる――。

この人だけには知られたくない……そう思っていたのに。

「親に家を追い出されるみたいですよ」

なんて呆気《あっけ》なく麻奈美にバラされてしまったから、もう打つ手がない。

実は副社長と私は大学の先輩後輩の関係で、イベントサークルで仲間だったのだ。

だから社会人になった今でも、そばに麻奈美しかいない時は〝椛〟と下の名前で呼び捨てにされる。そうやって使い分けるところが、実に面倒くさいし気に食わない。

私は、入社してからはきちんと〝副社長〟と呼んでいる。学生の時は〝先輩〟だったが、さすがに職場で、しかも副社長を先輩と呼べるはずがない。

あくまでも会社の副社長と社員の関係。

だから〝副社長〟と〝里中〟でいきたいと思っているのに、この人ときたら……。

「なあ椛、昨日のあれはなんだ？　お前、司会始めて何年だっけ？」

やっぱり〝椛〟か……。

「六年ですけど、それがなんでしょうか？」

「なんでしょうか？じゃないだろ。椛のせいで、終わるのが二十分延びた」

確かに副社長の言う通り。だけど私のせいでと言い切られてしまうのは、納得がいかない。

「私のせいとおっしゃいますけど、あれは……」

「新郎の友人たちが悪いとでも言いたいのか？」

「そ、それは……」

副社長の気迫《きはく》に押され、言葉に詰まる。

永遠の愛を誓い合うふたりのため、そんなふたりを祝うゲストのため。どんなことがあっても、お客様を第一に考え行動する。決して、ほかの誰かのせいにもしてはいけない。

そう教えられてここまでやってきたのに、私としたことが……。

「キャプテンやサービススタッフもいるんだ。急なことだったとはいえ、お前ならなんとかなったんじゃないのか？」

悔しいけれど、副社長の言う通りだ。

「はい、おっしゃる通りです。ご迷惑をおかけして申し訳ありませんでした」

「まあ別に、謝ってほしくて言ったんじゃないけどな。椛が何か失敗すると、教育係だった俺の面目《めんぼく》丸潰れってこと」

なんて自分勝手な！　こんな傲慢副社長だが、なぜか私以外の社員から慕《した》われているのだから不思議だ。

総合結婚式場『雅苑』副社長、矢嶌蒼甫《やじまそうすけ》三十歳。端整な顔立ちに柔らかそうな茶色の髪、身長も高くスラッとした立ち姿は、どこから見ても完璧でデキる男そのもの。

それは学生の頃から変わらずで、見た目だけでなく成績もよかったから、女性に限らず男性や教授たちからも、一目置かれる存在で人気者だった。

『容姿端麗という言葉は副社長のためにある』と事務の女の子が言っているのを聞いたことがあるが、本性《ほんしょう》を知らなかったら、私もそう口にしたかもしれないくらいのイイ男……なんだろうけれど。

愛想《あいそ》がよくて優しくて、何より従業員やスタッフのことを大切にしている頼れる副社長と名高い彼。でも、どういうわけか私には学生の頃からかなりイジワルで。奴隷《どれい》か小間使いだと思っているのか、何かにつけてアレやコレやと文句を言っては、こき使うから、たまったものじゃない。

歳はひとつしか違わないのに先輩風を吹かせて偉そうだし、副社長だからって何様のつもり？

たまには私にも優しくしろと思わなくもないけれど、されたらされたで気持ち悪い。

とにかく自分大好き傲慢副社長とは、いくら先輩後輩の仲でも距離を置きたい――と常々思っている。

私が新人の時に教育係だった彼だが、五年前に副社長に就任してからも『現場主義だから』と言って、かなりの確率で顔を合わせることになるから面倒くさい。

私の勤める『雅苑』は、バンケット、いわゆる披露宴会場をはじめ、レストランや料亭を全国主要都市六ヶ所、海外二ヶ所で展開。ブライダル全般を運営・企画する総合結婚式場。社員数は六百名、総従業員数は千四百名超で、駅前の一等地にある一番大きな式場のそばには、十五階建ての本社ビルを構えている。

式場は歴史ある建物をリノベーションして安らぎや温かみを演出し、都会にありながら日常を忘れられる癒《いや》しの空間だと人気だ。

関連会社には世界中のハイセンスなウェディングドレスやアクセサリーをセレクトしたショップ『ＭＩＹＡＢＩ』もあり、ここでしか着られないドレスも多く、女性の憧れの的だったりする。

私がこの会社を選んだのには理由がある。ひとつはブライダル業界に興味があったこと。もうひとつはサークルでの活躍ぶりを見て、イジワルだけど尊敬できる先輩についていきたい！と素直に思ったから。

大学卒業後すぐ入社。当初は営業職での採用だったが、なぜか会長に見込まれてブライダルＭＣを目指すことに。

大学在学中から会長のもとでブライダルのノウハウを勉強していた副社長に、大学時代のよしみで直接厳しく指導され、今の私があると言っても過言ではない。

副社長は大学を首席で卒業。社会人になっても、その能力は遺憾《いかん》なく発揮され、雅苑に必要なことならば、なんでも勉強しすぐに吸収してしまうから驚くしかない。大学でイベントサークルに入ったのも、その一環《いっかん》だと聞いている。私とは雲泥《うんでい》の差で、到底敵《かな》うはずもない。

だから副社長、上司として、尊敬するところも多いけれど……。

「いかんせん、性格が……」

ポツリと呟《つぶや》いた言葉は私の隣に立っていた副社長の耳に入ったようで、頭の天辺にゴツンとげんこつが落とされた。

「痛いじゃないですか！」

怒って副社長を見上げると、何が気に入らないのか仏頂面。

「ひとりでブツブツ、気持ち悪いだろう」

「気持ち悪いとか、もっとこうオブラートに包んだようなモノの言い方はできないんですか？」

「オブラートに包む？　椛にはなんでもハッキリ言わないと伝わらないからな。これも俺の優しさだ」

なんて少し歪《ゆが》んだ感情を私に向け、無遠慮に高笑いした。

人は見かけによらぬもの――。

そんなことわざがあるけれど、それの代表格なんじゃないの？　と心の中で罵《ののし》ってみる。

私だって正面切って、笑いながら文句のひとつでも言ってやりたい。でもそんなことを副社長にしたら、自分の首が危ないのもよくわかっている。

自分の身は自分で守らなくて、誰が守ってくれる？

まさに今の私の状況がそれで。

いきなり家を追い出されることになった私は、これからの人生を自分自身で守らなきゃいけない。

なんて、ちょっと大袈裟《おおげさ》かもしれないけれど。

二十九歳にもなって不安いっぱいで、どうしようもなくため息が漏れた。

「だから言っただろ、さっさと結婚しろって。そしたら追い出されることもなかったのに。でもまあ、そんなに深刻になるな。残り物には福があるって言うし、そのうち白馬の王子でも現れるだろう」

「いつ誰が言ったんですか、そんなこと」

人の気も知らないで。しかも〝白馬の王子〟とか、どの口が言ってんだか。

「遠山さんに迷惑かけないように、せいぜい頑張れよ。じゃあな」

嘲笑《あざわら》ってそう言う顔は、頑張れと思っている人の顔じゃないと思うんですけど……。

なのに麻奈美の横顔を見ると、恋い焦《こ》がれた人を見るような恍惚《こうこつ》の表情になっていて、開いた口が塞《ふさ》がらない。

副社長の後ろ姿を見送るとドッと疲れが出て、麻奈美の身体にもたれかかった。

「あの人のどこに魅力があるのか、私には全然理解できない」

「そう？　素敵な人じゃない。上司としても最高だし、彼氏ならなおさらよね」

「彼氏って、麻奈美にはいい人がいるじゃない」

そう言って脇腹をつつくと、麻奈美は照れたように笑った。

麻奈美の彼氏は、雅苑と契約している音響会社の誠《まこと》くん。四歳年下の男の子だから、初めて話を聞いた時は腰を抜かした。

年下で大丈夫なの？　なんて心配もしたが、誠くんと話してみると、それはすぐに解消。見た目こそ年相応だったけれど中身はしっかりとしていて、これなら大丈夫と太鼓判を押したのをよく覚えている。

「麻奈美はいいなぁ、幸せそうで」

「何よ、急に」

「どっかに白馬の王子、落っこちてないかしら」

いつも強気の私がこんなことを言うなんて、ひとり暮らしを始めるから、心細くなっているのかもしれない。

「案外近くに、いい男が落ちてるかもよ？」

「そんな都合よく、落ちてるわけないじゃない」

冗談だとわかっていても、周辺をキョロキョロ探してみる。

すぐそばにいい男が落ちていたら、苦労しないんだけど……。

「アホらしい。そろそろ仕事に戻るわ」

引っ越しは金曜日と麻奈美に伝え、深呼吸をして、気持ちを切り替えてからスタッフルームへと戻った。

失敗は成功のもと？

週が明け、朝の寒さが一段と身に染みる。ひとりになったせいか、余計そう感じるのかもしれない。今日着ていくスーツをクローゼットから取り出し、鏡の前に立つ。

ウィークリーマンションで生活を始めてから一週間。

引っ越しというのが大袈裟なほど、わずかな荷物しか運び入れていない部屋だが、すでに雑然としている。『たいしたものを持ってきていないのに、どうしたらこうなる？』と、二日前に顔を出した麻奈美が驚いたほどだ。

仕方ないじゃない、本当になんにもできないんだから……。

自分の無能力さに、肩を落とす。

ミニキッチンに冷蔵庫、鍋《なべ》にフライパン、食器類も揃っているというのに、まだ一度も使ったことがない。

料理？　生まれてこの方、調理実習でしか作ったことがありません。しかもほとんど味見担当。

掃除？　私の記憶が正しければ高校生の頃に一度か二度、『お小遣いを増やしてほしかったら、部屋の掃除くらいしなさい！』と母に言われてやったような……。

洗濯？　麻奈美に教えてもらって洗濯機を回すことには成功したけれど、干し方がマズかったのか、しわくちゃで着られる代物《しろもの》にならなかった。

とにかくどれもこれもうまくいかなくて、「うう……」と唸《うな》り頭を抱えるばかり。

まだ一週間しか経っていないのに、これじゃあ先が思いやられる。

もうすぐ三十歳でしょ？　もう少しちゃんと生きようよ、私。

自分で自分を叱咤激励《しったげきれい》しながら、ゴミ屋敷となりつつあるこの部屋の、散らかったゴミを拾う。それを燃えるゴミの袋に入れていると、突然めまいに襲われた。

慌《あわ》てて床にしゃがみ込み、テーブルの足で身体を支える。

ひと昔前の結婚式といえば、ジューンブライドと呼ばれる六月が主流だったが、今は比較的天候が穏やかな十月、十一月に行われることが多い。

そんな忙しい時期にひとり暮らしを始めることになったのが祟《たた》ったのか、どうも疲れがたまっているみたいだ。

幸いめまいもすぐに収まったので、立ち上がって冷蔵庫を開く。

中には昨日コンビニで買ったチルドカップのカフェオレが、ポツンとあるだけ。

「何も食べないよりはマシか」

バッグを肩にかけゴミ袋を左手に持つと、右手でカフェオレをつかんで玄関を飛び出した。

伯父が所有するウィークリーマンションで暮らすことになって、ひとつだけよいことがあった。それは、マンションが職場から近かったこと。

地下鉄ならひと駅、歩いても十五分ほど。天気がよくて時間に余裕のある日は歩いている。

でも今日はそんな気力もなくて、地下鉄に乗って出社した。従業員出入口で麻奈美を見つけると、いつものように声をかけた。

「麻奈美、おはよう」

「あぁ桃、おはよう。ってあんた、顔色よくないけど大丈夫?」

「そう? ここんところ式が続いて、ちょっと疲れてるだけだから大丈夫」

ふらふら感は収まっているし、このくらいなら気の持ちようでなんとかなる。麻奈美と一緒にエレベーターに乗り込み、スタッフルームのある四階のボタンを押した。

幸いなことに、今日はMCの仕事はない。月イチの社内ミーティングにお客様との打ち合わせ、あとの時間は進行表の確認などの細かい仕事だけだ。

ロッカーに荷物を置き、いつもの席を陣取ると、ミーティングの資料に目を通す。

「はい、紅茶」

紅茶?　珍しい――。

顔を上げると、麻奈美が心配そうな顔で立っていた。

「私、そんなにひどい顔してる?」

「ひどいってことはないけど、疲れてるって顔に書いてある。これ、ウバっていうセイロンティー。リラックスできて疲労回復効果があるから。ミルクティーにしても美《お》味《い》しいわよ」

ありがたくひと口飲むと、深いコクとフルーティーで爽やかな香りが身体中に染み渡った。

「やっぱ麻奈美が淹《い》れてくれた紅茶が、一番美味しいわ」

ちょっと言いすぎ感はあるが、嘘《うそ》じゃない。麻奈美のその心遣いが嬉しくて、少しだけ笑顔が戻る。

「何言ってるのよ。褒《ほ》めたってなんにも出ないからね。じゃあまたあとで」

ホッとしたような顔を見せた麻奈美は、ミーティングの前にひとつ仕事があるらしく、スタッフルームから出ていった。

いい歳をした大人の女が、ひとり暮らしもろくにできなくて、友人に心配をかけているなんて情けない。

「しっかりしなきゃね」

よい香りに誘われて、紅茶をもうひと口飲む。

こんなことでへこたれている場合じゃない。

私もミーティングに必要な資料と筆記用具を手に取ると、麻奈美のあとを追うように会議室へと向かった。

今日の会議は今後の結婚式の展開や顧客《こきゃく》のニーズにどう応えるかが主題で、二時間ほどで終わる予定が時計を見れば、ゆうに三時間を超えていた。

会議が終わり次第昼食をとり、お客様との打ち合わせに向かおうと思っていたのに、これでは間に合いそうにない。

広がっている資料をかき集め、慌てて会議室から飛び出す。一度スタッフルームに戻り、打ち合わせ用のファイルと交換すると、サロンへと急いだ。

「お時間をおかけしてしまい、申し訳ありませんでした。こちらの進行表ができ次第、ファックスをお送りいたしますので、ご確認いただけますか？　また何かわからないことがありましたら、いつでもお電話ください」

にこやかに挨拶をして、サロンの出入口まで見送る。

初めてのお客様の応対は、何度経験しても慣れない。いつもならそれも精神力で乗り越えられるが、今日は勝手が違った。

集中力に欠けるというか、頭が回らない。特に変わった進行でもないのに、言葉が出てこなくて焦《あせ》ることもたびたび。

それでもなんとか打ち合わせを終え、お客様も笑顔で帰っていかれたからよかったけれど。

「やっぱ、しんどい……」

何がどうというわけではないが、力が湧かない。自分で自分がコントロールできないなんていうことは、生まれて初めてだ。

テーブルの上を片づけ、ファイルを小脇に抱えてサロンを出る。こめかみを押さえながら廊下を歩いていると、前から副社長がこっちに向かってくるのが見えた。

今は会いたくないな——。

そう思い踵《きびす》を返そうとしたその瞬間。

身体が宙に浮くような感覚に襲われ、視界がぼやけていく。何これ?と思う間もなく倒れそうになった時、「椛!?」と駆け寄ってくる副社長の姿が見えた。

「……先輩……」

でもその言葉を最後に、私の意識は途絶えてしまった。


これは夢?

夢——というよりは、大学のイベントサークルで主催したジョギング『城ラン』開催のために、先輩と夜遅くまで準備をした懐かしい光景を思い出していた。

『城ラン』とは、お城でランニングの略。私たちのサークルが企画した、お城の周りを走る街のイベントだ。

皆の先頭に立って颯爽《さっそう》と物事を進めていく先輩の姿は、新入生として初めて参加した私の目にとても鮮明に映った。

それにしても、なんで今さら昔のことを思い出したんだろう。私はあの頃から、先輩に反抗的な態度を取っていたっけ。でも、楽しかったな。今は副社長だけど、私にとってはやっぱり先輩で。昔から誰よりも頼れる存在だった。

だから私は先輩のそばにいたくて——。

そんなおぼろげな意識の中、おでこに何かが触れた気がして目を開ける。

「椛?」

声がするほうにゆっくり顔を向けると、不安げな表情をした副社長がいて、彼と目が合うと、その瞳が微《かす》かに揺れた。

「……副社長?」

なんでそんな顔をしてるんですか?

初めて見る副社長の表情に、戸惑《とまど》いを覚える。沈黙の中じっと見つめられ、息が苦しくなって目線を逸《そ》らし、部屋の中を見渡した。

今まで一度も使ったことはなかったが、ここは医務室だろうか。本来なら新郎新婦やゲストの具合が悪くなった時に使うであろうベッドの上で、従業員の私が寝ているなんて……。

慌てて起き上がろうとして、ベッドのそばの椅子に座っていた副社長にその身体を押し止められた。

「まだ寝てろ」

その口調は優しいけれど、明らかに怒りを含んでいる。

今はおとなしくしておくべきだと瞬時に察した私は、そのままゆっくりと身体を戻した。

「副社長、何か怒ってますか？」

やっぱり気になって、コソッと聞いてみる。

「今朝は何を食べてきた？」

「え？　今朝ですか？　それは食べ物じゃなくて飲み物だろ！」

副社長は急に声を荒らげると、呆れたように息を吐き、天を仰《あお》いだ。

おっしゃる通りでございます。でも仕方ないじゃない、それしか冷蔵庫になかったんだから。

そう言いたい口を右手で押さえると、副社長に背を向けた。

「なんだよ、その態度は。そういえば、サークルの合宿で椛が料理してるところ見たことないけど、まさかお前、料理作れないとか？」

ヤバッ！

確かに合宿中、調理室には一歩も足を踏み入れていない。うまくやって誰にもバレてないと思っていたのに、よりにもよって副社長にバレていたとは。

不覚だ――。

せめて洗い物くらい手伝っておくんだったと、今さらながら後悔していると、医務室のドアが開く音に顔だけ動かす。

「椛、貧血で倒れたんだって？　大丈夫?」

医務室に入ってきた麻奈美は、副社長に「お疲れさまです」と挨拶し、彼と反対側の椅子に腰掛けた。

私、貧血で倒れたんだ――。

初めてそのことを知り、自分の情けなさにため息をつく。

「学生の頃からどこか抜けたところがあるとは思っていたが。貧血に栄養失調とか、このご時世に考えられん」

副社長は、意味がわからんという表情で天を仰ぐ。

「椛、あんた栄養失調だったの？　ひとり暮らし始めてから、ちゃんとしたもの食べてた?」

麻奈美も呆れ顔だ。

ちゃんとしたもの……。

コンビニのパンにお菓子。まともなものといえば、ウィークリーマンションに来た日に食べた、引っ越し蕎麦《そば》ならぬコンビニ蕎麦くらい。

これは口に出して言えないな……と笑ってごまかす。

「椛、お前いい加減にしとけよ。今日は打ち合わせが終わったあとだったからよかったものの、これが打ち合わせ中ならどうするつもりだったんだ？」

「どうするって……」

「自分の身体のことだ、もっと考えて行動しろ。わかったな？」

「……はい」

反論の余地なし。

私の返事を聞くと、副社長は何も言わず、医務室を出ていった。

副社長が怒るのも無理はない。彼の言う通り、自分の管理不足であって、体調不良でしたでは済まされる話ではないことはわかっている。

ここ最近、副社長の前で失敗してばかりで、ため息しか出てこない。

「情けない顔して。で、どうよ、体調のほうは？」

「絶不調。今まで貧血とか栄養失調とか、そういうこととは無縁だったのに。やっぱり母は偉大だわ」

何もかもが、おんぶに抱っこ。全部母にやってもらっていたツケが、二十九歳になって回ってくるとは。

「椛、ここまでどうやって来たか覚えてる？」

ここまで？　うん？　あれ？　どうやって来たっけ？

目が覚める前の記憶をひとつひとつたどってみるが、何ひとつ思い出せない。

「誰かに迷惑かけた？」

麻奈美にそう聞くと、ニヤリと人の悪そうな笑みを浮かべた。

「何よ、その顔は？」

「どうやってここまで来たのか知りたい？」

「知りたいに決まってるじゃない。もったいぶらずに、早く教えなさいよ」

「後悔しない？」

「後悔？」

一体麻奈美は何が言いたいんだろう。詫びることはあっても、後悔することなんて何もないはずだけど。

麻奈美に手伝ってもらって身体を起こし、さあ話してもらおうじゃないとその顔をじっと見つめた。

「はいはい、わかりました。一度しか言わないから、よく聞いてね。椛、あんたをここまで運んだのは……」

「運んだのは？」

「さっきまでここにいた、副社長」

「……副社長。そ、そう……」

言葉をなくす——とは、まさにこのこと。

「倒れ込む瞬間、血相を変えて走ってきた副社長が梳を抱きかかえて、そのままお姫様抱っこして医務室まで運んでいったって、そばにいたスタッフの子から聞いた」

「お姫様抱っこ……」

「王子様みたいでしたよぉ～って目をキラキラさせて話してくれるもんだから、苦笑いしかできなかったよ」

王子様が、お姫様抱っこ。

しかもその後の行動も素早かったらしく、すぐに雅苑がお世話になっている医者を呼び、診察をさせたあとは、ひと時も私のそばから離れなかったというのだから、驚くほかない。

「あぁ～。もう、どうしよう！」

もう一度ベッドに寝転ぶと、うつ伏せになって顔を枕に沈める。

なんということをしでかしたんだ、私。

副社長が私をお姫様抱っこしているところを想像しただけで、恥ずかしさから顔が火照《ほて》っていく。

次に会う時、どんな顔をしたらいいのよ。

ベッドの上で後悔と闘っていると、一瞬、倒れそうになった時の記憶が蘇《よみがえ》る。

身体がふわふわしてクルッと反転しかけた時、目に飛び込んできたのは副社長の姿。

それを見て、私はなぜか〝先輩〟と呼んだような……。

「どうして今さら、〝先輩〟なの？」

思わず、心の声が漏れる。

「な、何よ急に。頭でもおかしくなった？」

軽くひどいことを言う麻奈美をよそに、そのあとを思い出そうとするが、頭が痛くなってきて、それ以上は思い出すことができなかった。

「今日の今日でウィークリーマンションに帰すのも心配だし、今晩はうちに来る？」

麻奈美からの、ありがたい申し入れに顔を上げる。

「え？　いいの？」

ひとり暮らしを始めて一週間しか経っていないのに、甘えるのはどうかと思うけれど、今はひとりで過ごす自信がない。今日のところは、麻奈美の誘いをありがたく受けようと思ったその時、医務室に会長が現れた。

「椛ちゃん、倒れたんだって？」

「会長⁉　今日はどうされたんですか？」

副社長の父親で、雅苑の会長兼社長の矢嶌慶悟《けいご》さんが突然現れ、さすがに会長を目の前にして寝ているわけにもいかず、重い身体を起こした。

「ちょっと用事があって顔を出したんだが、君が倒れたって聞いてね。なんでも家を追い出されて、先週からひとり暮らしを始めたんだって？」

「どうしてそれを……」

「風の噂《うわさ》だ、気にするな」

会長はそう言って、いつも通りの笑顔を私に向けてくれる。

気にするなと言われても……。

六十代とは思えない細身のスタイルに、サラッと風になびく髪。会長と副社長は見た目こそソックリなのに性格は正反対で、ほんとに親子か？と思ってしまうほど素敵な紳士《しんし》。

入社当時から呼び名は〝椛ちゃん〟。副社長と大学が一緒で、歳もひとつしか違わないからか、とても可愛《かわい》がってもらっている。

「わざわざお越しいただいて、すみませんでした」

「何を言っている。ここに来たのはほかでもない。ひとつ提案があってな」

「提案、ですか？」

その意味がわからなくて小首を傾《かし》げると、会長がフッと笑った。

「うちの可愛い従業員が、また倒れたりでもしたら大変だ。どうだろう、うちで暮らさないか？」

「う、うちというのは？」

「雅苑の敷地内にある、私の自宅だ。ゲストルームがたくさん空いている。好きな部屋を使ってくれてかまわない」

会長の自宅⁉　あの立派な豪邸《ごうてい》で暮らせっていうの？　そんなの恐れ多すぎる。

「め、滅相《めっそう》もございません。会長にご迷惑をおかけするわけには……」

「そんな遠慮をする仲じゃないだろ？　私と妻は最近ホテルで過ごすことがほとんどだし、通いで手伝いに来てもらっている千夜《ちよ》さんもいるから夕食つきだ。家賃もいらない。職場まで歩いて五分とかからない、最良物件だぞ？」

会長はそう言って高らかに笑うと、決定事項のように話を続けた。

「実はもう、千夜さんには連絡してある。今日から暮らせるようにしてもらっているから、今住んでいるところはすぐに解約しなさい」

「解約……ですか？」

「今回の失敗を教訓に、ちゃんとした生活をするように。そのための第一歩だと思えばいい」

あまりにも急な展開に、私の脳はついていけない。

「椛、よかったじゃない。これで私もひと安心だわ。会長、椛のこと、よろしくお願いします」

「ああ、任せろ。なんなら、遠山さんの面倒も見るぞ？」

「いや～、それは結構です」

なんて、ふたりで勝手に盛り上がり、私ひとりが置いてけぼり。話がどんどん進んでしまって、為《な》す術《すべ》がない。

「あ、あのぉ……」

話の途中で割り込むのは申し訳ないが、このまま待っていても埒があかない。

「ああ、悪い悪い。こっちは話がついたが、椛ちゃんは大丈夫か？」

大丈夫かって、それを今聞く？

ここで私が嫌ですとか言える雰囲気じゃないし、言ったところで却下されるのは目に見えている。

でもよく考えてみれば、確かに最高な条件なんじゃない？

家賃ゼロ、通勤時間もほぼゼロ。食事の心配もいらないなんて言われたら、誰もが飛びつくこと間違いない。

また甘えていると言われそうだけど、そこでお手伝いの千夜さんという人に、一から鍛《きた》えてもらえば一石二鳥だ。

「どうするの、椛？」

麻奈美の声に我に返ると、会長に向き直る。

「お言葉に甘えて、今日からお世話になります」

ベッドの上で頭を下げると、その肩に温かい手が乗せられた。

「椛ちゃんには、まだまだ雅苑で頑張ってもらわないといけないからな、歓迎《かんげい》するよ。我が家だと思って自由に過ごせばいい」

会長の柔らかい口調に、重かった身体がスーッと軽くなる気がした。

明日はタイミングよく、仕事は休み。体調を整えながら、のんびりゆっくり二度目の引っ越しができそうだ。

慌ただしかった一週間がこれで一旦《いったん》落ち着きを取り戻せるかと思うと、安堵《あんど》する自分がいた。

その日の仕事はほかに重要な打ち合わせもなく、副社長にゆっくり休むようにと言われたため、少し早めだが帰る支度をしていた。

「椛、夕飯どうする？」

「ごめん。まだ食欲ないし、お手伝いさんに挨拶もしておきたいから今日はやめとく」

麻奈美の誘いを断るのは忍《しの》びないが、ゆっくりしたいのも正直なところ。

「わかったよ。じゃあまた明後日《あさって》。いつもの椛で出勤してよ」

「麻奈美、ありがとね。もう迷惑かけないように努力する」

「まあ、ほどほどにね」

従業員出入口で手を振り別れると、私はそのまま雅苑の裏手へと回る。

雅苑のバンケットルームからも見える会長の豪邸は、前を通ったことは何度もあるが、中に入るのは初めて。美術館のような佇《たたず》まいに、ただただ瞬《まばた》きを繰り返すばかりだ。

大きな門をくぐり、重厚な玄関の前に到着。インターホンを押すために上げた腕が、そのまま止まってしまう。

「なんて言って入ればいいの？」

失礼します？　お邪魔《じゃま》します？　それとも、ただいま～と元気に挨拶すればいい？

なんだかどれもこれもしっくりしないとひとり悩んでいると、いきなり扉が開いて思わず「うおぉ!」と変な声をあげてしまった。

「驚かせてしまったようで、申し訳ございません。もしかして、椛さんではありませんか?」

「はい、里中 椛です。あなたが千夜さんですか?」

彼女が「はい」と答えると、ペコリと頭を下げた。

「今日からお世話になります。突然こんなことになってしまい、申し訳ありません」

ここで暮らすことを勝手に決めたのは会長だが、その原因を作ったのは私。丁寧に挨拶を済ませると、家の中へと案内された。

「慶悟様からもお聞きだとは思いますが、ご自分の家だと思ってご自由にお過ごしください。いろいろとご説明する前に、まずは椛さんのお部屋をご案内いたしますね」

そう言って通されたのは、階段を上がってすぐの二階のゲストルーム。「こちらでございます」と開け放たれた室内を見て思わず絶句してしまう。

この部屋は何畳《じょう》あるの?

実家のリビングよりも広い空間に、アンティーク調の素敵な家具が取り揃えられている。大きな窓には白をベースに色とりどりの花柄がデザインされたカーテンがかかり、爽やかで落ち着きのある部屋だった。

「私が思うところの〝大人な女性に見合うお部屋〟をご用意したつもりですが、お気に召していただけたでしょうか？」

「お気に召すも何も、こんなに素敵な部屋を用意してもらえるなんて……」

感動を通り越して、恐縮してしまう。

家賃はタダ、夕食つき。そのうえこんなことまでしてもらったら、バチが当たるんじゃないだろうか。

一石二鳥なんて喜んでいた自分が恥ずかしい……。

「ありがとうございます。とても気に入りました」

興奮冷めやらぬままお礼を述べると、千夜さんは嬉しそうに顔をほころばせた。

バッグを置きコートを脱ぐと早速、家の中の案内と説明が始まる。

「お身体は大丈夫ですか？」

部屋を移動するたびに、私のことを気にかけてくれる。

キッチンにダイニング、バスルームやトイレ。ひとつずつ回っていくが、どこの部屋もとにかく広い。しかも最近リフォームしたのか、どこもかしこも綺麗でピカピカ。

ウキウキしてしまうから、その気持ちがバレないよう抑《おさ》えるのに必死だ。

千夜さんは通いで、朝の十時から夜の六時までいるとのこと。基本は掃除と会長の盆栽《ぼんさい》の手入れが仕事だが、頼めばなんでもやってておくということ。そして、夕食は冷蔵庫の中に作り置きがあるから、自分で温めて食べること。朝食は夕食の残りでやりくりしてほしいということ。

その四つを話し終えると、千夜さんは「また明日」と笑顔で帰っていった。

それにしても広い。

部屋にひとりでいるのも寂しくて、ダイニングへと向かう。といってもひとりなのには変わりないが、部屋にいるよりもなんとなく落ち着いた。

時刻は午後六時。特にお腹《なか》も減っていない。

でもまた昼間みたいに倒れて迷惑をかけてもいけないいし、何か少しは食べないと。

冷蔵庫を開け、中を見て驚いた。

「スゴい……」

中には保存容器に詰められた惣菜《そうざい》が、綺麗に整えられて入っていた。ひとつひとつに作った日付が書いてあり、千夜さんの几帳面《きちょうめん》さが窺《うかが》える。

数ある中でも、ひじきの煮物《にもの》や切り干し大根に目がない私は、それらを少しずつお皿に取ると、キッチンの炊飯《すいはん》ジャーから真っ白なご飯をよそう。

「いただきます」

久々に食べる家庭の味にお腹が満たされ、少し元気も取り戻した。

それでも身体のだるさはまだ残っていて、今日は早めに就寝しようと風呂に入ることにした。

会長の家の風呂はなんと、二十四時間いつでも適温を維持してくれる自動保温機能つきの浴槽《よくそう》。千夜さんが「好きな時に何度でも入れますよ」と自慢げに教えてくれた。

「まるで温泉だわぁ～」

冷えきっていた身体が温かさに包まれ、まだ残っていた疲れやだるさを取り除いてくれる。

こんなにゆったりとした気分でお風呂に入るのは、何日ぶりだろう……。

もう少し長く浸《つ》かっていたいところだけれど、のぼせてしまったらそれこそ身も蓋《ふた》もない。

「仕方ない、そろそろ出るか」

ゆっくりと湯船から上がり、タオルで身体を拭《ふ》く。バサバサと髪を拭いていると、脱衣所のほうから音が聞こえたような気がして手を止めた。

誰かいる？

頭からタオルを取り、すりガラス越しに脱衣所を見るが、なんの気配もしない。

気のせい？

私の勘違いだったと両手を上に伸ばし背伸びをしていると、目の前の扉が無遠慮に大きな音をたてて開いた。

「……椛？」

「……ふ、副社長……」

お互いに素っ裸。見事に、一糸《いっし》まとわぬ姿だ。

どうしてここに、副社長がいるの？　なんで裸？

そう思うのに、真っ白になった頭では言葉がすぐに出てこない。動くこともままならなくて、ただまっすぐ副社長の顔を見つめていた。

どうやら人間というものは、あまりに驚きすぎると冷静になるらしい。

「悪い……」

副社長はそう言ってゆっくり扉を閉め、脱衣所から出ていく。

我に返った私は、今、目の前で起こった状況を整理し、即座に把握した。

「きゃあぁぁぁぁっ‼　副社長の変態、スケベ！　しかもなんで裸なのよぉー！」

今さら遅いが、きっと見られたであろう胸を両腕で隠すと、ペタンと床にしゃがみ込む。

なんで、どうして、会長の家のお風呂に副社長がいるの？

誰かの陰謀《いんぼう》？　それとも悪夢？

こんなドラマみたいな展開、誰が予測した？

しかも私、見てしまった。副社長の、見てはいけないモノを見てしまった……。

「誰か、嘘だと言って……」

昼間貧血で気を失ったところをお姫様抱っこで運ばれた件だって、まだ消化できていないのに、こんなことがあっては、なおさら顔を合わせにくい。

ここから出れば、リビングかダイニングに副社長はいるだろう。

なんて声をかければいい？

途方に暮れる私の身体は、すっかり冷めてしまった。

郷に入っては郷に従え？

抜き足、差し足、忍び足——といっても泥棒《どろぼう》ではない。音が出ないよう、そっと足を忍ばせながら、廊下を進んでいる。

私が出した結論は、このままバレないように一度部屋に戻る。そこで一旦考えをまとめ、そのあと副社長のもとへと向かう、というもの。

二十九歳にもなって、こんな安易なことしか思いつかないとは……。

ため息が出そうになるのを押し留《とど》め、一歩ずつ歩みを進める。

でもいくらリフォームをしていても、もとは古い建物に違いなくて、ちょっと気を許した途端《とたん》、床がギギギッと軋《きし》んでしまった。

「椛か？　さっさと、こっちに来い」

「ひぃっ！」

顔は見えないが明らかに怒っている声に、緊張が身体中を駆け巡《めぐ》る。

恐る恐るダイニングに足を踏み入れると、顎《あご》でそこに座れと指示され、小さく頷《うなず》きながら副社長の前に座った。

腕と足を組んで偉そうに座る副社長の顔は、不機嫌極まりないといったところか。

黙ったまま目を細め睨《にら》む姿は、迫力満点だ。

私だって、嫌な気分なんですけど……。

でも立場が弱い私は、そんなこと口が裂《さ》けても言えない。

「どうして副社長が、ここにいるんでしょうか?」

「ここは俺の実家だ。俺がいて何が悪い?」

「ええ!? 副社長、三十歳なのに、まだ実家暮らしなんですか?」

もういい歳だから、ひとり暮らしをしているものだと勝手に思っていた。

「つい最近実家から追い出されたお前に、そんなこと言われたくないね」

「あぁ……」

そうでした。

立場が悪くなった私は、慌てて目線を逸らす。

「体調のほうは、どうなんだ?」

「もう大丈夫です。ご心配をおかけして申し訳ありませんでした」

「まったくだ。しかもお前、重すぎ。体重どんだけあるんだよ」

た、体重って……。

キィイィーー‼

女性に、しかも三十路《みそじ》目前の女に体重を聞くなんて失礼千万《せんばん》。副社長のくせに、なんて非常識なの！

「誰も頼んでない……」

怒りがつい、口をついて出てしまった。

自分でも驚くほどの低音ボイスが、ダイニングに響《ひび》く。

「なんだよ、その言いぐさは？」

「だって、そうでしょ？　そんな恩着せがましく言うくらいなら、最初から私なんて運ばなきゃよかったじゃない！　偉そうに」

売り言葉に買い言葉――。

相手は副社長だというのに、敬語も使わず暴言を吐いてしまった。

こんなことが言いたかったんじゃないのに、運んでもらったお礼をしようと思っていたのに……。

一度口から出てしまった言葉は消せない。すぐに後悔が押し寄せた。

「すみません。言いすぎました」

そう言って頭を下げた私の耳に届いたのは、盛大なため息。

「偉そう……か。まあ、いい。この家で暮らしていれば、少なくとも栄養失調で倒れるなんてことはないだろうからな」

「えっ、一緒に暮らすんですか?」

どうして、そうなるの?

「当たり前だろ。親父にも、お世話になりますって言ったんじゃないのか?」

「でもあの時は、副社長が暮らしてるなんて知らなくて……」

ちょっと考えればわかりそうなことを、浮かれていた私は全く気づきもせず、のこのことやってきてしまった。いくら大学からの付き合いで先輩後輩の仲でも、男と女がひとつ屋根の下で暮らすなんて道理に外れている。

「またもとの生活に戻って倒れたいのか?」

副社長の怒った表情に、肩をすぼめてシュンとなってしまう。でもだからって、やっぱり一緒には暮らせない。

「だ、大丈夫です。今度はうまくやりますから!」

私は思わず立ち上がり、机をバンと叩いた。

すると副社長が目を細め、涼しい顔をして言った。

「ここにいれば、食べるものに困ることはないぞー。千夜さんの料理は美味《うま》いからなぁ」

た、確かに。久しぶりの家庭の味にホッとしたし、ずいぶんリラックスもできた。

またあのウィークリーマンションで侘《わび》しい生活に戻るのかと思うと、正直寂しい……。

いやいや、そんなことではいけない。

「とにかく、今すぐに出ていきます！」

そう言い放って、ダイニングから出ようと副社長の横を通ったその時。

「出ていくなんて許さない」

いきなり左手首をつかまれて、足と思考が同時に止まった。

「っ⁉」

言葉にならない声が出てしまう。つかまれている左手首と、早鐘《はやがね》を打つ胸が痛い。

私はわけがわからないまま、立ち上がった副社長の顔をゆっくりと見上げた。

その顔は怒っているようにも見えたが、何よりも力強い眼差しに、ズキンとまた胸が痛んだ。

「勝手に決めるな。今出ていかれたら、俺が追い出したみたいで後味が悪いだろ」

そういうことか。

副社長の、自分可愛さの行為《こうい》にはうんざりする。ほんの少しドキッとしてしまった私の女心を返してほしい。

「後味が悪かろうが、私にはなんの関係もありません。副社長がここで暮らしているとわかった以上、私が一緒に住むのはおかしいじゃないですか」

「そうか？　俺は別にかまわないけどな」

そう言ってニヤリとほくそ笑む顔は、何を考えているのやら……。

副社長がかまわなくても、私はかまうんです。

つかまれている手を振り解《ほど》こうと試みて、あえなく失敗。どうやら遊ばれているらしく、解こうとすればするほど強くつかんでくる。

「ちょ、ちょっと……放してくださいっ」

「ここで暮らすって言えば、放してやる」

「だからそれは、無理だって言ってるじゃ……っ」

ありませんか――。

副社長の力強い腕が腰に回され、彼の胸に引き寄せられる。その結果、最後の言葉は私の口から放たれることはなかった。

何がどうして、こういうことになった？

副社長の胸に抱かれながら考えてみても、色恋沙汰《いろこいざた》から遠ざかっていた私には到底理解できない。

私の知らない間に、先輩後輩の関係であれば、恋愛感情がなくても抱きしめていいっていう法律でもできたとか？

いや、それはダメでしょう。相手の気持ちも考えないで抱きしめちゃうとか、自分勝手も甚《はなは》だしい。

それなのに私の身体ときたら、副社長が相手だということを忘れて、熱くなってしまうから手に負えない。

「こ、これは、どういうことでしょう……？」

「腕をつかんでいるだけじゃ心もとないから、抱きしめたまで。深い意味はない」

あ、そうか。深い意味がなくても、こうやって抱きしめていいんだ……って、そんなわけないでしょ‼

「さっきは悪かった」

「え？　さっき？」

頭上から落ちてきた言葉に、なんのことかと首を傾げる。

「風呂。まさか椛がいるとは思わなくて」

「あぁ……そのことですか」

忘れていたことを言われ、風呂場での光景が頭の中で鮮明に蘇った。

「も、もういいです。忘れてください」

恥ずかしい……。

そんなことより、今は副社長の腕に抱かれているほうが問題で。

いや、嫁入り前の娘が彼氏でもない人に全裸を見られてしまったことも、大問題なんだけれど。

でもやっぱり今は、この状況を打破するのが先決だと思い、抱かれた腕の中から副社長を見上げた。

「この腕、どうにかしてもらえませんか？」

「どうにか？　逃げなきゃ解いてやってもいいけどな」

「逃げません」

「信用できないな」

なんなんだ、この無駄なやり取りは。

「もう、何を言ってるんですか、副社長。冗談もいい加減に……っ！」

からかうのはやめてください……と言おうとした唇《くちびる》は、副社長の唇に封じられてしまう。

「……んっ」

息苦しさに、甘い嬌声《きょうせい》が漏れる。

もう何年も、誰にも触れられていない唇。なのにそれは、副社長の甘い口づけをいとも簡単に受け入れてしまった。

何やってるのよ、私。さっさと離れて！

何度脳が司令を出しても、身体は言うことを聞いてくれない。それどころか、深く重なる唇に脳もだんだん麻痺《まひ》してくる。何年も感じることのなかった、柔らかく熱い感触に、身体の力が抜けてしまった。

角度を変えながら唇を貪《むさぼ》られ、ほんのわずかな隙間から舌が差し込まれそうになるのと同時に、副社長の手が腰の辺りを撫《な》でた瞬間。我に返り、彼の身体をドンッと大きく突き飛ばした。

火事場の馬鹿力《ばかぢから》だろうか。普段は出せないような力が勝手に沸き上がり、副社長は派手に倒れてしまった。床に腰を打ちつけた彼は、痛そうに顔をしかめている。

「先輩！　大丈夫ですか？」

慌てて駆け寄り、副社長を抱き起こす。

「心配するくらいなら、最初から突き飛ばすなよ」

そう言って副社長は腰を擦《さす》っているが、もとはといえば副社長が悪いわけで。彼が私にキスをしなければ、こんなことにならなかった。

「そうですけど、私、絶対に謝りませんから」

副社長は上司だが、それとこれとは別問題。

「相変わらず、気だけは強いな」

「そういう問題じゃないと思いますけど? 意味もわからずキスされて、怒らない人がどこにいます?」

「ファーストキスでもないだろ、ギャーギャー喚《わめ》くな。小うるさい口を塞いだだけだ。減るもんじゃあるまいし」

「減ります!」

『二十九歳にもなって乙女か!』と言われそうだけど、キスは大切な人とするもの。何が悲しくて久しぶりのキスを、彼氏でもない副社長に、奪われなきゃいけないんだろう。

副社長を見れば、悪ぶる素振りさえ見せず平然としている。

「そういえば椛、さっき先輩って呼んだだろ? お前時々、先輩って言うよな」

「あぁ……すみません、副社長」

「ここは職場じゃないからな、別に副社長と呼ぶ必要もないけど。俺としてはお前に副社長って呼ばれても、いまいちピンときてなかったし」

そうだったんだ。

うまく話をすり替えられた気がしたが、副社長が呼び方について気にしていたことに驚いた。

副社長と呼ぶようになって、もう六年。無意識に先輩と言うことはあったかもしれないが、わざわざ呼ぶことはなくなっている。それに、副社長は私にとって直属の上司。職場じゃなくても先輩と呼ぶのはちょっと……。

まだ腰が痛むのか、副社長がつらそうに立ち上がろうとしている。その身体を支え、そのまま椅子に座らせた。

「副社長、まだ痛みますか？」

「ああ。このままじゃ、今後の仕事に差《さ》し支《つか》えるかもしれない。椛に責任を取ってもらうか」

責任なんて言ってニヤッと笑う顔は、何かを企《たくら》んでいる証拠。

嫌な予感がする……。

ほんとに腰が痛いのか疑わしいところだけど、どんな事情があれ、突き飛ばしたのは事実で、文句の言いようがない。

「なんだよ、その顔は？」

私の心の中を勝手に読んだのか、副社長は満足げな顔を見せた。

「何を言ったって無駄なのはわかってますから、文句なんて言いません。という諦めの顔です。甘んじてその責任とやらを、取らせていただきます」

「面白いヤツ。椛は学生の時から全然変わらないよな。責任感だけは人一倍強い」

「責任感だけとか、失礼なこと言わないでください。根が真面目なんです」

麻奈美が聞いたら『どこが？』と言われそうだが、あくまでも〝根〟だ。

「真面目か。そうだな、それはお前の仕事ぶりを見ていればよくわかる。今はブライダルMCのなり手が少なくて、椛にも無理させてるし、よくやってくれている」

「副社長……」

突然のお褒めの言葉に、言いようのない喜びが込み上げる。

「失敗もあって、振り回されることも多いけどな」

そう言ってフッと笑う顔は、学生時代から変わらない。

いつもそうやって、笑った顔を見せてくれたらいいのに……。

麻奈美も前に言っていた通り、従業員や業者には愛想もよくて信頼も厚いが、なぜか私にだけ当たりが強い。

でも今日は、ちょっと感じが違うかも。

突然抱きしめたり不意にキスしたり。モテていたけど硬派で有名だった副社長が、なんでそんな柄にもないことをしたのかはわからないけれど。

職場じゃないからリラックスしているのか、よく喋るしよく笑う。学生の頃に戻ったみたいで、それはそれでなんかちょっと楽しい。

ふと、皆で笑い転げてたイベントサークルでのひと時を思い出し、懐かしさに頬《ほお》が緩む。

「どうした？　なんか楽しそうだな」

副社長の声に我に返ると、慌てて真顔に戻す。面白いものでも見るように笑っている彼から目を逸らすと、大きな置き時計が目に入った。

「もう、こんな時間」

時計の針は、午後の十時をとうに回っている。

「やっぱり帰ります」

椅子から立ち上がり、副社長に頭を下げた。

「だからさ、なんで帰るんだよ。お前の帰る場所はここだろ」

副社長がもう一度私の腕をつかむと、視線が絡み合う。

「でも……」

「つべこべ言うな、これは副社長としての業務命令だ」

「業務命令って。そんなの公私混同じゃないですか！」

「また倒れられても困るからな。これからは俺がここで、お前の体調管理と家事全般を叩き込んでやる」

これは副社長としての業務命令だ――。

こんな時に副社長を使うなんてズルい。しかも業務命令なんて、会社の一従業員が逆らえるはずないじゃない。

「副社長、そんな勝手なことを……」

「よし、もうこの話はおしまい。明日荷物を運び入れるんだろ？　さっさと寝ろよ」

つかんでいた腕をパッと解き、副社長はダイニングを出ていってしまった。

「……体調管理と家事全般」

副社長は、一度やると言ったことは何がなんでもやり通す。それは仕事の場合いい方向へと進むが、この場合は……。

考えただけで恐ろしい。

ひとつ屋根の下で、副社長とふたりっきり――。

さっきのキスを思い出し、そっと唇に触れる。甘く柔らかい感触を思い出し、身体がじわっと熱くなった。

……って。いやいやいやいやいや、あれは単なる事故でしょ。ねえ私、なんで身体を熱くしてんのよ！

副社長も言ってたじゃない、小うるさい口を塞いだだけだって。だからあれはなんの意味もない、他愛ない行為。

もう何も考えるな。じゃないと、ここで暮らしていけない。

邪念《じゃねん》を飛ばすように頭をブルブルと振り、ダイニングを出て階段を駆け上がる。

部屋に入るなり、さっとベッドへと潜《もぐ》り込んだけれど、しばらく胸の高鳴りは収まらない。

どうしたのよ、私の心臓――。

別のことを考えようと頭を振り、身体を丸めると、固く目を閉じた。

早起きは三文の徳？

翌朝目を覚ますと、見慣れない光景に慌てて起き上がる。

いつもの布団《ふとん》とは違う、軽くて柔らかい羽毛布団に包まれていて、ここが会長の豪邸だと思い出した。

それにしても、よく眠れた――。

普段とは明らかに違う身体の軽さに驚いてしまう。

さすがは高級羽毛布団に高級ベッド。私が普段使っている、薄っぺらな布団とは大違いだ。

両腕を高く上げ背を伸ばしてベッドから下り、カーテンを開ける。

「今日もいい天気」

仕事は休み。今日の予定はウィークリーマンションからの引っ越しに、時間があればMC用のスーツを新調しようと思っている。

スキニージーンズにニットを着ると、緩めのパーマがかかった肩まで伸びた髪をひとつにまとめ、お気に入りのバレッタをつけて一階へと下りた。

ん？　何、この匂い。

だしのよく効いた味噌汁《みそしる》の香りに誘われるように、ダイニングへと向かう。

確か千夜さんの来る時間は十時だったはず。味噌汁は冷蔵庫になかったし、もしかして今日は、早めに来て作ってくれているとか？

廊下を小走りに進み、ダイニングのドアを開けた。

テーブルの上には焼き魚にだし巻き卵、冷蔵庫の中にあった煮物も何品か、ふたり分綺麗に盛られ、置かれている。

やっぱり千夜さんが来ているんだと、笑顔でキッチンを覗く。でもそこに立っていたのは……。

「副社長？」

「お前は挨拶もろくにできないのか？　朝イチの挨拶は『おはようございます』に決まってるだろう」

「あ、え？　はい。おはよう、ございます」

副社長がキッチンに立っているだけでも驚きなのに、あり得ない姿に絶句。

黄色い花柄のエプロン姿って……。

「椛、おはよう。これをテーブルに運んでくれ」

そう言って渡されたお盆の上には、さっきからいい香りを部屋中に充満させている味噌汁が載っていた。

「美味しそう……」

って、違うし！

素晴らしい朝食に気を取られて、この状況のおかしさを見過ごすところだった。

「あのですね、副社長？」

「今はプライベートだ、副社長はやめろ。学生の頃と同じ呼び方でいいぞ」

「ですけど……」

「口答えするつもりか？」

目を細め、ギロリと睨むその顔は迫力満点。

たかがどう呼ぶかで、そんなに睨まなくてもいいのにと思う反面、千夜さんのものだろうか、つけているエプロンが花柄だからどうにも笑いが込み上げる。

「わ、わかりました。蒼甫先輩……これでいいですか？」

「ああ、やっぱりそう呼ばれるほうがしっくりくるな」

「はい、そうですね」

蒼甫先輩の言う通り、ほんとにしっくりくる。久しぶりに呼んだからか少し照れくさいけれど、心の中はなぜかほっこり温かい。懐かしさに胸がキュンと疼《うず》いた。

味噌汁をテーブルに運ぶと、白いご飯が盛られた茶碗を、蒼甫先輩が持ってきてくれる。

「もしかしてこれ全部、蒼甫先輩が作ったんですか？」

「当たり前だ。俺以外に誰がいる。まあ惣菜の中には千夜さんが作ったのもあるが、今ここにあるのは全部俺が作ったものだ」

そう言って蒼甫先輩はドヤ顔をしてみせた。

「いつも、こんな温泉旅館みたいな朝食を作っているんですか？」

「毎日じゃないけどな。出張や早朝の仕事がある時は、パンをかじるだけってこともある。椛もそうだろうけど、式や披露宴があると昼飯が食えないことも多いだろ。だから朝は、しっかり食べるようにしている」

そう言ったあと、先輩は「いただきます」と手を合わせて、白い湯気の立つ炊《た》きたてのご飯をひと口頬張った。

「美味い」

それにつられて私もいただきますと手を合わせ、お味噌汁をひと口飲む。

「う〜ん、身体中に染み渡る」

朝の空気が冷たさを増すこの季節、冷えている身体に温かい味噌汁はありがたい。

白菜と大根のシンプルな味噌汁は、私の身体と心を一気に満たしてくれた。

もしかして蒼甫先輩とここで一緒に暮らせば、毎日先輩お手製の美味しい朝食にありつける？

それなら栄養失調や貧血で倒れることもないし、何しろ朝から幸せだ。

「どれもこれも蒼甫先輩が作ってくれた料理は、すごく美味しいです」

嘘ではない。でも少し大袈裟に言いすぎたかなと、ごまかすようにだし巻き卵を口に放り込む。

「それはよかった。じゃあ明日からは、椛に作ってもらうかな」

「へっ？　……うぐっ‼」

蒼甫先輩の口から思いも寄らない言葉が飛び出し、だし巻き卵が喉に詰まってしまった。

「大丈夫か？」

先輩から水を受け取り、慌ててそれを飲み干した。

「ゴホゴホッ……ちょっと先輩！　急に変なこと言わないでくださいよ」

冗談はほどほどにしてほしい。

私に料理なんて、できるわけがないじゃない。それができていれば栄養失調や貧血で倒れることもなかったし、ここで暮らすことにもならなかった。

でも蒼甫先輩はテンパる私をよそに、真顔で話を続けた。

「昨日言っただろ。これからここで俺が、家事全般を叩き込んでやるって。聞いてなかったのか?」

聞いてなかったわけじゃない。右から左へと、受け流していただけ。

だってそうでしょ。勝手に業務命令だとか言って、ここに住むことを強要して。そのうえ、体調管理に家事全般叩き込むとか言われたら、耳を塞ぎたくなる気持ちもわかってほしい。

「叩き込んでやるって、本気だったんですか? そんなの無理ですって。お恥ずかしい話ですけど、私ほんとになんにもできないんです。包丁なんてほとんど持ったことないし……」

だんだん自分が情けなくなってきて、少しずつ声が小さくなってしまう。

「そんなことだろうと思ったよ。大丈夫だ、俺が手取り足取り教えてやる」

「手取り足取り……」

そう言葉を放ちながら、ニヤリと微笑む顔が……恐ろしい。

一体何を考えているのやら、蒼甫先輩には困ってしまう。

明日から私、どうなるの？　栄養失調や貧血は大丈夫でも、違う病気になってしまうかも。

お先真っ暗――。

そんな言葉が頭に浮かび、憂鬱《ゆううつ》な気持ちでフゥーッと大きく息を吐いた。

「ため息なんかついてないで、朝飯早く食えよ。今日は忙しいからな」

忙しい？　確か今日は、蒼甫先輩も休みだったはず。

「先輩、何か用事でもあるんですか？」

憂鬱でも食欲はあるもので。きんぴらごぼうをつまみながらそう聞けば、蒼甫先輩は呆れたように私を見た。

「荷物運ぶんだろ？　車を出してやるって言ってるんだよ」

言ってるんだよって、今初めて聞いたし。私から頼んだわけじゃないのに、さも私が悪いような言い方は心外だ。

でも蒼甫先輩は一緒に行く気満々で、朝食を食べながら何かブツブツ言って、今日のことを考えているようだった。

「先輩。気持ちはありがたいんですけど、たいした量の荷物じゃないし、ひとりで大丈夫です」

いや、ひとりがいいんです！

荷物は本当にたいしたことないんだけど、いかんせん部屋の中が……。

あんな部屋を先輩が見たら、今後の私の立場が非常に危ういわけで。料理だけじゃなく掃除や洗濯まで、手取り足取り仕込まれるのが目に見えている。

美味しい朝食をゆっくりと味わい、おかわりしたいところだけど、さっさと食べて、ここから早く立ち去らねば！

味噌汁を飲み干し「ごちそうさまでした」と席を立つと、キッチンのシンクで戸惑いながらも、なんとか洗い物を済ませる。

「じゃあ先輩、お先に失礼します。朝食、とっても美味しかったです」

よし、上出来。このままうまく逃げ切ろう。

そう思っていたのに。

世の中そんなに甘くない――。

笑顔で挨拶も済ませダイニングから出ていこうとした私に、蒼甫先輩が呼びかけた。

「おい、椛？」

その芝居がかった口調と疑問形に、軽快だった足が止まる。

「は、はい？」

蒼甫先輩は、こんな時の私の心を読むのが得意だ。もしかして……。

恐る恐る振り返る。

「逃げるなよ？」

「に、逃げる？」

「その、よそよそしい態度。お前、何か企んでるだろ？」

バレてる……。

「な、何も、企んでなんかいませんけどぉ」

作り笑顔が引きつって、声が上ずってしまった。

蒼甫先輩の顔を見れば、眉間に皺《しわ》を寄せ、疑うような目つきをしている。

「まあいい。すぐに車を出してくるから、門の前で待ってろ。いいか、もう一度言う。逃げるなよ」

そう言いながら蒼甫先輩がピシッと私を指差すと、食器を片手にキッチンへと消えていった。

蒼甫先輩……その笑顔、むちゃくちゃ怖《こわ》いんですけど。

気は進まないが、こうなった以上、蒼甫先輩に従うしかない。嘆息《たんそく》を漏らしながら、足取りも重く二階へと向かった。

アンティーク調のドレッサーに座り、なんだかこのところ思い通りにいかないなと、今日何度目かのため息をつく。

「ほんとに勝手なんだから……」

蒼甫先輩は、私のことをなんだと思っているんだろう。

かわいそうな後輩の面倒を見る、いい先輩を演じているのなら、いい迷惑だ。

そりゃね、私は二十九にもなってなんにもできないけど。挙句の果て、栄養失調や貧血で気を失って、皆に迷惑かけてばかりだけど。

そんな自分が嫌で、なんとか変わろうと思ってたのに……。

なんでも器用にこなす蒼甫先輩に、私の気持ちはわからないんだろう。

「仕方ないよね」

ひとりだったらスッピンでもいいと思っていたが、蒼甫先輩も一緒なら化粧しないとマズいか。

渋々ポーチを開くと手早く化粧を済ませ、憂鬱な気持ちのまま部屋を出た。

階段のところまで行くと、蒼甫先輩が玄関のドアにもたれ、腕を組んで待っている姿が目に入る。慌てて階段を駆け下りて、先輩のもとへと向かった。

「遅い。俺を待たせるとか、相変わらずいい根性してるよな。昼飯、奢れよ」

「すみません！　ってお昼、一緒に食べるんですか?」

聞いてないし……。

「嫌なのか?」

「い、いえ。滅相もないです」

そんな威圧感たっぷりな態度で言われたら、嫌だなんて言えるわけない。

荷物運びをさっさと済ませて、すぐに退散と思っていたのに。予想外の展開だ。

相手は先輩で、しかも副社長。

言いたいことがあったって、文句なんて言えやしない。

今日私は、いつ蒼甫先輩の車から解放されるんだろうか――。

わからないまま、蒼甫先輩の車に乗り込んだ。

彼が乗っているのは、車に疎い私でも知っている高級車。

さすが副社長と言いたいところだが、乗り慣れてない私は、なんだか落ち着かない。

それより何より、気まずい。いや、気まずいを通り越して息苦しい。

車の中って、ちょっと狭すぎじゃない!?

この狭い密室空間の中でふたりっきり。好きな相手ならともかく、蒼甫先輩とだなんて……ないわ。

ちらりと蒼甫先輩を横目で見ると、ステレオから流れる音楽に合わせて身体を小刻みに揺らしている。

なんだか楽しそうにしているじゃない。

これから向かうのは、駅で一区間しかない伯父のウィークリーマンション。引っ越しとは呼べないほどの、少量の荷物を運ぶだけ。

ただそれだけのことなのに、なぜそんなに嬉しそうなのか。

蒼甫先輩、謎すぎる。

息苦しい思いをしたのもつかの間、電車で一区間の距離なので、車でもあっという間にマンションに到着。

「よし、さっさと運ぶぞ」

車を停《と》めた蒼甫先輩が降りようとするのを、腕をつかみ慌てて引き止めた。

「先輩はここで待っててください！　大丈夫、私ひとりで運べますから」

そう、大丈夫、大丈夫。

蒼甫先輩を車から出さないように手を上下にさせ、ジェスチャーで大丈夫と伝えながら、ゆっくりと車からひとり出る。

ドアを閉める前にニッコリと作り笑顔を見せると、蒼甫先輩がプッと笑いだした。

「椛の頭ん中は、小学生並みだな。どうせ部屋が汚いんだろ？　そんなの俺は気にしない」

蒼甫先輩はスッと車から降りてしまい、私の一連の行動は無駄に終わってしまった。

先輩が気にしなくても、私は気にするんです！

ああ～どうしてわかんないかなぁ。

いくら相手が先輩でも、汚れている部屋は見られたくないというのが女心。

デキる男だと言われていても、その辺りは鈍感らしい。だから蒼甫先輩は三十になっても結婚できないのか？

イケメンで副社長。条件は申し分ないのに、浮いた話ひとつ聞いたことがない。大学生の頃は彼女がいたみたいだけれど、今はどうなんだろう。

ひとりでブツブツ呟きながら足を止めていると、いつの間にかそばにいた蒼甫先輩が私の頭を小突いた。

「俺がどうしたって？」

もしかして、心の声、全部聞かれてた？

「い、痛いんですけど。どうしてすぐ暴力を振るうんですか？」

三十になっても結婚できないのは、この性格が災いしているに違いない！

「暴力？　心外だな。愛のムチと言え」

いやいや、今のは私のためを思っての叱責《しっせき》じゃなく、先輩の横柄《おうへい》な態度がもたらした小突き。愛のムチなんて言葉で片づけないでもらいたい。

「暗証番号は？」

マンション入口のオートロックの暗証番号を、蒼甫先輩に教える。先輩はパパッと番号を押し、自動ドアの共用玄関が開くと同時にさっさと中へ入っていった。

「せ、先輩、早いですって。部屋は二階の……」

部屋番号を叫びながら、先輩の背中を慌てて追いかける。息せき切らし蒼甫先輩に追いつくと、胸に手を当て息を整えた。

「い、いいですか、先輩。心して中に入るように」

「なんだそれ」

蒼甫先輩は笑っているが、部屋の中の様子を知っている私は全然笑えない。笑うより、泣きたい気分だ。

気乗りしないままディンプルキーを差し込み、鍵を開ける。大きく深呼吸すると、諦め半分でドアを開けた。

「先輩、やっぱり少しだけ待っててくだ――」

「待てない」

私を押しのけ、蒼甫先輩が部屋の中へと入っていく。でもリビングのドアを開けたところで、先輩の足が止まった。

「まあ、女の住む部屋じゃないよな。でも一週間しか住んでないからか、散らかってはいるが汚れてはいない。想定内だ」

テレビのバラエティー番組の汚《お》部屋調査隊のような口ぶりに、ロケじゃないんだからと笑いが込み上げる。

でももっと怒られて呆れられると思っていた私は、蒼甫先輩の表情にホッとひと息ついた。


「椛、ゴミ袋！」

「はい！」

引き出しから燃えるゴミの袋を取り出し、蒼甫先輩に手渡す。

私はといえば、散らかっているお菓子の袋や紙ゴミをテキパキと片づけていく先輩の姿に、ポカンと口を開けるばかり。

なんて手際《てぎわ》がいいの――。

母も掃除好きで手際はいいが、蒼甫先輩はその上をいっている。燃えるゴミ、燃えないゴミ、資源ゴミにプラゴミ。それらを一瞬で見極め分けていくさまは、ゴミ仕分けの業者を凌《しの》ぐほどの速さだ。

「何ボーッと見てる。椛は服をスーツケースに詰めろ。それが終わったら、その辺にある細かい雑貨をダンボールに入れておけ」

「は、はい。先輩！」

この光景、昔イベントサークルで――。

大学の文化祭の準備をしていた時、リーダーだった蒼甫先輩は今みたいに細かく指示を出し、サークル全体をひとりでまとめていた。

その指示が的確だったから企画は順調に進み、文化祭の当日も大盛況。サークル部門で賞をもらい、皆で表彰台に上がって大喜びをしたのを、昨日のことのように覚えている。

蒼甫先輩は私のことを昔と変わってないと言っていたが、その言葉をそっくりそのまま先輩に返したい。先輩は昔から同級生や後輩に尊敬される存在で、今でも社員や仲間を大切にしている。

もちろん、尊敬されるのには理由《わけ》がある。

学生の頃から勉強熱心で成績も優秀だった先輩は、大学卒業後もその姿勢を崩《くず》さなかった。

経営学を学ぶため一年間留学し、帰ってきてからも雅苑のためにウェディングプランナーやMC、結婚式に必要なノウハウを叩き込んでいた。時折学生時代の仲間を誘っては勉強会と称した講義やセミナーも開いて、お互いの知識を高め合っている。

聡明《そうめい》で仕事はできるし、なんでもそつなくこなす。おまけに物腰は柔らかで皆に分け隔《へだ》てなく優しい。子供の頃から美少年と呼ばれていたというから、頭脳明晰《めいせき》で容姿端麗。男女問わず憧れの的になるのも頷ける。

それなのに、なぜか私にだけ厳しいのはいまだに謎だけど。

こんな人と結婚したら、幸せになれるんだろうなぁ……。

……って、これは世間一般の話で！

頭の上に広がっていた妄想を手で吹き飛ばし、ベッドの上に脱ぎ捨てられている服をスーツケースに放り込む。

それを見ていた蒼甫先輩が、またかと言うように大きな息を吐く。

「お前はガサツか。こういう服やTシャツは、こうやって丸めて……」

蒼甫先輩は私の手から服を奪うと、いとも簡単に服をたたみ、クルクルと丸めた。

それをひとつずつスーツケースの中に並び入れ、「よしっ」と満足げに言ってからドヤ顔で私を見上げた。

「詰めるってのは、こういうことだ。わかるか？」

「はぁ、なんとなく」

「なあ、これって洗ってあるのか？」

「さ、さあ。どれが洗ってあるのか、自分でもよくわからなくて」

すみませんと苦笑い。

「桃には教えることがたくさんありそうだな。明日から楽しみだよ」

蒼甫先輩はそう言うと、屈託《くったく》のない笑顔を見せる。その笑顔に心を奪われて、目が離せなくなった。

先輩。その笑顔、反則です……。

そう喉まで出かかって、寸前のところでゴクリと呑み込んだ。

細かい雑貨や日用品をダンボールの中に入れ、綺麗に片づいた部屋の中を見渡す。

「もう忘れ物はないか？」

蒼甫先輩の呼びかけに頷くと、先輩は最後のダンボールを持ち上げた。

「先輩、それは私が持ちます」

ダンボールに手をかけようとしたけれど、蒼甫先輩はそれをひょいと高く上げてしまう。

「いいから、さっさと鍵かけろ。腹減った、飯食《く》いに行くぞ」

「でも……」

私の部屋の引っ越しなのに、ほとんど蒼甫先輩にやらせてしまった。いくら先輩からの申し出でも、これでは申し訳ない。

そういえば蒼甫先輩、昼飯奢れって言っていたような。ちょっと奮発して、高級イタリアンでも行っちゃう？

一週間前まで実家暮らしだった私は、実は結構な額の貯金があったりする。普段買うものも、ＭＣ用のスーツと化粧品ぐらい。

どうせ派手に使うなら、何かとお世話になっている蒼甫先輩に使うのが一番いいかもしれない。

そうと決まれば、善は急げ。

先輩と一緒に外に出て玄関に鍵をかけると、気持ちも軽やかに先輩のあとに続いた。

「蒼甫先輩、今日はありがとうございました。先輩がいなかったら、こんな時間には終われなかったかもしれないです」

珍しく素直にお礼を言ったのに、蒼甫先輩の反応は相変わらずで。

「まあ、そうだろうな。俺のありがたみを思い知ったか」

なんて言うから、奢るのやめようかなと思ったり。

私の前では傲慢な態度ばかりの蒼甫先輩だが、時折見せる優しさが実は好きだったりする。

もちろん好きといっても〝ＬＯＶＥ〟ではない、〝ＬＩＫＥ〟のほう。

イジワルで勝手なことを言うけれど、最終的には今日みたいに助けてくれる。

これも〝先輩後輩のよしみ〟だからだろうか。

まあそれがどんな理由だとしても、学生の頃から好きだった蒼甫先輩の笑顔は、今でも天下一品。傲慢だろうが横柄だろうが、なんだかんだ先輩のそばから離れられないんだと思う。

「先輩、何が食べたいですか？」

「ああ、そうだなぁ。椛、お前は何が食べたいんだ？」

「そうですねぇ……って違います！　今日は手伝ってもらったお礼に私が奢るんです

から、蒼甫先輩の食べたいものにしましょうよ。イタリアンなんてどうですか？」

外でランチなんて久しぶり。デートではないけれど、どうせ行くなら気になってい
た店がいいなとイタリアンを提案したが、蒼甫先輩はあっさり却下。

「イタリアンなんて堅苦しい。お好み焼きを食べに行くぞ」

そう言って、私のことなどおかまいなしに、車を発進させてしまった。

「先輩、ほんとにお好み焼きでいいんですか？」

「なんだ、梳はお好み焼き嫌いか？」

「嫌いじゃないですけど……」

「だったら、そんな顔するな」

そんな顔って、一体どんな顔だと言いたいんだろう。

よく麻奈美に『梳は思ってることがすぐ顔に出る』なんて言われるけど、もしかし
てほんとはイタリアンのほうがよかったなぁ～的な顔をしてたのか、私。

すでに口の中はイタリアン仕様。それを脳内でパパッと変換してお好み焼き仕様に
させると、それはそれで楽しみが増してくる。

ウィークリーマンションから車に何度か荷物を運んだからか、もうお腹ペコペコ。

なんでもいいわけではないけれど、お好み焼きなら腹持ちもいいし大歓迎だ。

肉玉？　それとも海鮮？　いや、餅《もち》チーズも捨てがたい。

「ヨダレ、垂れてる」

「……え？　嘘？」

慌てて口元に手を動かすと、蒼甫先輩が盛大に笑いだす。

「嘘。頭ん中で、お好み焼き食べてただろ？」

騙《だま》された。でも遠からず当たっていて、文句の言いようがない。

「先輩、私を食いしん坊キャラみたいに言うのやめてくれます？　私は大食漢じゃないんですから」

「食いしん坊だとは思ってない。逆に、もうちょっと食ったほうがいいんじゃないのか？　椛って、思ってたより貧弱だよな」

「ひ、貧弱……。昨日は重すぎって言ったくせに」

「あれは冗談だ、それぐらい気づけ」

気づけって。

重すぎとか体重どんだけあるんだよとか、私だって女なんだから傷ついたりするんです。それを冗談のひと言で片づけるなんて、男の風上にも置けない。

「ねえ先輩。昨日お風呂で、私の裸を見ましたね？」

貧弱なんて言葉、体型のことじゃなくて〝胸〟のことを言っているに違いない。

「見たんじゃない、見えたんだ。あの場合、仕方ないだろ。それに……」

「それに？　何が言いたいんですか？」

「お互いさまだろ」

お互いさま？

蒼甫先輩の言葉に、昨日のお風呂場のシーンが蘇る。

「あ……」

お互いさまの意味を理解し、一瞬で顔が火照る。

確かに私も、先輩の見てはいけないモノを見てしまった。いや、見てしまったんじゃない、見えてしまったんだからどうしようもなかった。

でもだからって、貧弱なんて言うのはどうかと思うわけで。

「もう二度と、覗かないでくださいね！」

なんて、上から目線なことを言ってしまった。

「だから覗いたわけじゃ……。ああ、わかったよ。これからは気をつける」

蒼甫先輩は観念したように、運転しながら肩を落とした。

「わかればいいんです」

なんだか初めて、蒼甫先輩に勝ったような気がする。こんなにスッキリした気分になるのは、何日ぶりだろう。

今日のランチは、美味しく食べられそうだ。

自然と込み上げる期待感に胸を躍らせ、ワクワクしながら前方に向き直った。

笑う門には福来る？

蒼甫先輩が連れてきてくれたのは、郊外にある一軒家の店。古い民家をリフォームした店内は雰囲気もよく、清々しい木の香りが心を落ち着かせてくれる。

お好み焼きや焼きそばはもちろん、夜は鉄板焼がメインの店。お得なランチメニューが人気らしく、午後一時をとうに回っているというのに、店内は賑わっていた。

先に手洗いを済ませた私は、席に戻ろうとしてその足を止める。

蒼甫先輩はスマホ片手に、困ったような顔をしている。

メールを見て返信でもしようとしているのか、指を動かしたりやめたりを繰り返していた。

もしかして、相手は彼女？　今日は何か約束をしていたとか？

そうだとしたら、貴重な休みを私のために使わせてしまったことになる。

慌てて席に戻り、先輩を見据《す》えた。

「先輩、ごめんなさい。ここからはひとりで帰れますから、お昼食べたら先に帰ってくださいね」

蒼甫先輩は私の突然の言葉に、怪訝な顔を見せる。

「はあ？　どういうことだよ？　意味わかんないんだけど」

「だって、スマホ……」

「これがどうしたって？」

手にしていたスマホを、蒼甫先輩が私のほうに向けた。

「メール見てましたよね？　彼女じゃないんですか？　だったら申し訳ないと思って」

「なんだ、そういうことか。いない、いない」

「はい？」

「彼女なんて、ここ数年いない。忙しかったからな。それに……」

それに？

途中で言うのをやめてしまった蒼甫先輩に、首を傾げる。

「いや、なんでもない」

その言い方が何かありそうで気になったが、深入りするのはやめた。

「メールは『アンジュ』の竹内《たけうち》さんからだ。明日のことで聞きたいことがあるって」

アンジュとは、雅苑が業務提携しているブライダル専用のヘアメイクの会社。竹内さんはそこで、トップヘアメイクアーティストとして働いている。

彼女とは何度か会ったことがあるが、私と同い年とは思えないほど、知的で大人な女性。

蒼甫先輩と一緒にいるところをよく見かけてはいたけれど、直接連絡を取り合っていたのは初耳だ。

「いいんですか、すぐに連絡しなくても」

「今外出中だから、戻ってから連絡するってメールした」

「そうですか」

なんだかこっちを優先してもらったみたいで申し訳ないけれど、ちょっとだけ嬉しいとか思ってしまうこの気持ちってなんだ？

「なんでそんなふうに感じるんだろう……」

「なんだよ、急に」

「あ、いえ。すみません」

心の声が漏れるのは私の悪いクセ。気をつけないと。

ほどなくして、楽しみにしていた海鮮たっぷりのお好み焼きが運ばれてきた。鉄板の上でジュウジュウと音をたて、いい香りを漂わせているお好み焼きを目の前にすると、モヤッとしていた気持ちもすっかり忘れ、大口を開けて頬張った。

「はぁ～お腹いっぱい」

お好み焼き屋から出ると、満腹になったお腹を擦る。

「お前はおっさんか」

おっさんで結構。

今は蒼甫先輩に何を言われても気にならないくらい、満足感でいっぱいだ。でも、ひとつだけ気になることが。

「私が奢るって言ったのに、どうして先輩が支払いをするんですか？」

私がデザートのクリームあんみつを食べている時、トイレに立った蒼甫先輩は、そのまま会計を済ませたらしい。

普通なら、なんてスマートでカッコいい男だと思うかもしれないが、今日はそうはいかない。何もかも先輩任せでは、こっちとしてはなんとなく腑《ふ》に落ちない。

でもそれを先輩に言ったら、「それを言うなら俺だって、後輩で従業員のお前に支払いをさせるわけにはいかないだろ」と、うまく丸め込まれてしまった。

渋々車に乗り込み、蒼甫先輩を横目で見る。

「なんだよ、言いたいことでもあるのか？」

「言いたいことっていうか、いろいろ申し訳ないなと思いまして……」

なんだか自分が不甲斐《ふがい》なくて、意気消沈してしまう。

「桃が気にすることない。俺が勝手にやったことだからな」

そう言われれば、そうなんだけど……。

蒼甫先輩から見れば、私はいつまで経っても後輩で部下。それは変わることがない。

でも学生の時とは違う。今月末には三十路を迎える、行動や見た目はどうであれ、一端《いっぱし》の大人。今日のお礼は、今日中に返したい。

「先輩。このあとって時間ありますか？」

「時間？　ああ、まあ特には予定ないけど」

蒼甫先輩はそう言いながら、時間を気にする素振りを見せる。

あ、そういえば……。

「でも仕事のことで、竹内さんに連絡しないといけなかったんですよね？」

すっかり忘れていた。そんな蒼甫先輩を、いつまでも引き止めるわけにはいかない。

でも先輩は「いや……」とひと言口を開くと、そのあと黙り込んでしまった。

「せ、先輩？」

何か様子がおかしい。

「あ、ああ悪い。竹内さんからの内容は大体わかっているからな。まあ、連絡は今晩でも大丈夫だ」

蒼甫先輩にしては歯切れの悪い言い方に、多少の疑問が残る。

「今晩って……そんな遅い対応で、本当に大丈夫なんですか？」

なんでも物事をきっちり判断する蒼甫先輩なのに、今の先輩の態度はやっぱりおかしい。踏み込んだことを聞くのはよくないかもしれないけれど、このままでは気になって夜も眠れない。

「先輩。それってどういう内容なのか、聞いてもいいですか？」

「気になる？」

蒼甫先輩は前を向いたまま。でもその声は、いつもより幾分低い。

「気に、なります」

どうしてここまで気になるのか。自分でもよくわからない。

蒼甫先輩とは、もう長い付き合いだ。だから、普段とほんの少し違うだけで、気になってしまうのだろうか。

胸元をギュッと押さえ、モヤモヤしたものを封じ込めた。

「彼女に言い寄られている。付き合ってほしいって。どこへ？とか言うなよ。大人の関係としてって意味だ」

「あぁ……そういうことでしたか。変なこと聞いて、すみません」

蒼甫先輩の口から〝大人の関係〟という言葉が出て、シュンと気落ちしてしまう。

先輩とはひとつしか違わないのに、いつまで経っても子供扱い。彼にとって私はただの後輩で、恋愛対象ではないということだろう。

どちらにせよ、私には関係のないことだ――。

バレない程度に息を吐き、窓の外へと視線を向ける。すると、同時に大きな手が頭の上に乗せられて、クルッと向きを変えられてしまった。

その行為に、ドキッと小さく胸が跳ねる。

「勘違いするなよ。もう何度も付き合えないって断ってるんだ。でもあっちは諦められないって」

「そ、そうですか。でも私にはなんの関係もないですし」

だからそんなムキになって、言い訳することないのに……。

運転している蒼甫先輩の横顔を見つめていると、彼が一瞬向けた視線と絡まり、息を呑む。

「本当にそう思ってるのか？　なんの関係もないって」

まっすぐ前を向いた顔からは、その真意は窺えない。

「言ってる意味が……」

「悪い。今のは忘れてくれ。とにかく今日は一日休みだ、時間はある」

今の数分はなんだったのかと思わずにはいられないくらい、蒼甫先輩は急に声のトーンを上げると、いつもの先輩に戻った。

忘れてくれと言われたって、そう簡単には忘れられないけれど、ここはひとまず落ち着いて。

「じゃあ、買い物に付き合ってくれますか？」

「買い物？　何か欲しいものでもあるのか？」

蒼甫先輩は運転しながら、チラッとこっちを見る。

「欲しいものっていうか、もともと今日時間があったら、MC用のスーツを買いに行こうかと思ってて。もし先輩が暇だったら、このまま車で乗せていってもらいたいなぁと」

「なんだよ、それ。俺は都合のいい運転手か」

なんて文句を言うくせに笑顔を見せる蒼甫先輩を見て、私もつられて笑ってしまう。

「運転手、いいですね！　もう今日は、とことん付き合ってもらいます！」

「まったく。優しくしてやるのも今日だけだからな。明日から、覚悟しておけよ」

「そ、それは遠慮したいんですけど……」

『覚悟しておけ』と脅迫《きょうはく》まがいなことを言われているのに、そんなやり取りが楽しいなんて。なんともいえない不思議な気持ちのまま、蒼甫先輩を見つめた。


蒼甫先輩の車でたどり着いたのは、三年ほど前にオープンした郊外の大型複合施設。そこに入っているセレクトショップが好きな私は、今持っているスーツのほとんどをその店で買っている。

「初めて来たけど、かなり広いんだな」

蒼甫先輩が吹き抜けになっている天井《てんじょう》を見上げ、そう呟く。

地上五階建ての建物の中には二百近くの店舗が入っていて、シネコンもあるためか平日でもいつも混雑している。

もう何度も来ている私は慣れたもので、エスカレーターで三階まで上がると、蒼甫先輩がいることも忘れ、脇目も振らずに目的のセレクトショップまで進む。

店舗が近づくと、ディスプレイされた洋服が目に飛び込んできて、それだけでテンションが上がった。

「いつ来ても、素敵」

手に取りながらスーツを一点一点見ていると、蒼甫先輩が私の顔を覗き込む。

「なあ、椛。俺がいること忘れてないか？」

突然、蒼甫先輩のどアップ。息がかかりそうな至近距離に、心臓が止まりそうになった。

「……先輩っ⁉　わ、忘れてなんかないですよ！」

慌てふためく私に、蒼甫先輩は大笑い。

こういう時の先輩はタチが悪い。ほんとはすっかり忘れてました……と言ってやろうかしら。でもそんなこと言ったら、私の立場が危うくなるからやめておく。

「あっち側に男性用があるんで、そっちで待っててください」

このセレクトショップは女性ものだけではなく、男性のスーツや洋服、ネクタイや小物も取り揃えられている。センスのいい商品が集められていて、落ち着いた大人の買い物客が多く見受けられた。

きっと蒼甫先輩も、気に入るものが見つかるはず。そう思って言ったのに……。

「なんで？　お前のスーツを見に来たんだろ？　俺が選んでやるよ」

全く想定外の言葉が返ってきて、唖然《あぜん》としてしまう。

「そ、そんなのいいです。スーツくらい自分で選べます」

でも蒼甫先輩は私の言葉に耳も貸さず、勝手にスーツを選びだした。

そんなつもりで蒼甫先輩をここに連れてきたわけじゃないのに、なんでそうなっちゃうわけ？

どうしていいかわからない私は、右往左往するばかり。

「何色がいいんだ？」

「黒かネイビーかグレー……ですかね」

聞かれたからには、まあ素直に答える。

結婚式のMCの場合、華やかな雰囲気がいいが、主役の花嫁より目立つのはNG。ブライダルカラーの白はもちろん、ベージュや派手な色、華やかすぎるプリントは避《さ》けている。

何よりフォーマル感と清潔感が大事で、露出が多くならないようにも気をつけていた。

今日はコレというものは決めていないが、あまり堅すぎず、可愛めなデザインのものをと思っていたんだけど。

なぜか楽しそうに選んでいる蒼甫先輩の横で一緒に見ていると、先輩が手にしたひとつのスーツに目が留まる。そして先輩は、そのスーツを取り出すと、おもむろに私にあてがった。

「これなんて、どうだ？」

それはツイード素材で作られたジャケットとスカートのセットアップで、フォーマル感の高い気品のある一着。一見堅くなりがちなツイード素材を、裾《すそ》にフリンジを効かせたノーカラーで、華やかな女性らしいスタイルに作り上げていた。

「好きかも」

ネックラインにはチュールレースのフリルとパールが飾られ、顔周りを華やかにしてくれている。それだけで、ネックレスなどの装飾品はいらなそうだ。

「試着してみたらどうだ？」

蒼甫先輩に促され頷くと、試着ルームへと移動する。すると、私に気づいた顔なじみの女性店員がすぐにやってきた。

「まあ、里中様。いらっしゃいませ」

「お邪魔してます」

ここに来る時は、いつもひとり。そのほうが気兼ねなく選べるし、時間を気にすることもない。ましてや男性と一緒に来るなんて、一度も考えたことがなかった。

それなのに今日は、蒼甫先輩が一緒。

店員さんの顔が、何やらニヤニヤしているように見えるのは私だけ？

「今日は、おひとりじゃないんですね。素敵な方とご一緒で」

そう耳打ちする店員の表情は、素敵な男性を目の前にした乙女の姿そのもの。ニヤニヤしているのは、どうやら蒼甫先輩がイケメンなのが原因らしい。

店員はチラッと上目遣いで蒼甫先輩を見ると、小さく頭を下げた。

「里中様の彼氏さんですか？」

いくら顔なじみとはいえ、普通そこまで聞く？と思いながらも、違いますと言うだけのことかと諦める。でも私よりも先に、蒼甫先輩が口を開いた。

「初めまして、矢嶌蒼甫と申します。いつも梳がお世話になっているようで。今日は彼女のスーツを僕が選んであげようと思いましてね。こうして一緒に買い物に来た、というわけです」

蒼甫先輩は紳士的にそう言ってニッコリ笑うと、私の肩をふわっと抱く。その仕草《しぐさ》はまるでどこぞの国の王子様さながらで、店員もうっとり見惚《みと》れている。

私はといえば……。

肩を抱かれて固まったまま、わなわな震えて蒼甫先輩を見上げていた。

今蒼甫先輩、自分のことを〝僕〟って言ったよね？　それに言葉遣いがよそいきというか普段と違っていて、一瞬詐欺師《さぎし》かと思ってしまった。

しかもこの一連のやり取りを他人が見たら、明らかに私と蒼甫先輩はとても仲のいい親密な関係に見えるだろう。

「先輩。これは新手の嫌がらせですか？」

コソッと店員に聞こえないように呟く。

「嫌がらせとは心外だな。俺は素直な気持ちを、言葉と態度に表しただけだ」

わざと真剣な顔をしてまともなことを言っているように見せているけれど、それ、私には全く理解できません。

何？　素直な気持ちって？　それって今この場所で必要なこと？　しかも笑いをこらえている顔からして、私、完全に遊ばれてるよね？

「とにかくこれ、試着してみます。先輩は〝あっち〟で待っててください」

〝あっち〟を強調し、紳士服の売り場を指差して、強制移動を促す。

店員に連れられていく蒼甫先輩を確認すると、試着室のドアを閉めた。試着室にかけてあるスーツをもう一度眺める。

やっぱり可愛い。

少し甘めのデザインをとは思ってはいたが、ここまでビビッと惹《ひ》かれるスーツに出会ったのは久しぶり。これならMCの仕事も、気分よく進められそうだ。

服を脱ぎ早速スーツに着替えると、まるでそれが自分のために仕立てられたような着心地に、満足感が込み上げる。

その途端、先輩にも見てもらいたくなって、いても立ってもいられなくなる。

こんなことなら、紳士服売り場に追いやるんじゃなかったと後悔していると、試着室の外から蒼甫先輩の声がした。

「椛、もう着替えたか？」

なんで？　いつからそこに？

慌ててドアを少しだけ開け顔を出すと、蒼甫先輩が腕を組んで待っていた。

「先輩、紳士服売り場に行ったんじゃないんですか？　どうして、ここに？」

「俺が見立ててやったスーツだからな。似合うかどうか気になるのは当然だろう。さっさと出てこい」

さっさとって……。

そう急《せ》かされると、出ていきにくいんですけど。

一旦試着室の中に引っ込み、スーツ姿を整える。

「変なところはないよね？」

鏡の前でくるりと一周して確認を終えると、試着室のドアを開けた。

「ど、どうでしょうか？」

蒼甫先輩の前にうつむき加減で立ち、ちろりと上目遣いで先輩の顔を窺う。

私のことをじっと見つめる先輩。その瞳に見定められているようで、なんともいえない緊張感に包まれた。

手汗でビショビショなんですけど……。

でもやっぱり似合っていると言ってほしいのが、女心というもの。辛抱《しんぼう》たまらず目をギュッと閉じると、蒼甫先輩の反応を待った。

「うん、いいな。よく似合ってる」

嬉しさにパッと目を開け、蒼甫先輩を見上げる。すると先輩は顎に手を当て、満足そうに微笑んだ。

「椛に合うスーツを瞬時に見つける俺って、さすがだと思わないか？　これは天性だよな」

そう言いながら高笑いする蒼甫先輩に、言葉をなくす。

そうきたか……。

まあでも蒼甫先輩が似合ってると言ってくれたということは、それを着ている私も全部ひっくるめてよいんだと勝手に解釈。

着心地もいいし、何より私自身もひと目惚《ぼ》れしたスーツ。迷うこともない。

「このスーツにします」

「ああ、そうしろ」

値段は少々張るが、いたし方ない。すぐにダメになるようなものでもないし、長く使うことを考えれば、いい買い物だ。

試着室に戻り私服に着替えると、スーツを持って外に出る。

「お待たせてして、すみません」

「いや、さほど待ってない。それより、まだほかに買うものはないのか?」

「え? ああ、そうですね」

もうひとつ買うものがある私は、そのまま紳士服売り場へと移動した。

「なんで、こっち?」

蒼甫先輩は、訝《いぶか》しげな表情で私を見る。

「それは……」

私が躊躇《ちゅうちょ》していると、どこからか音楽が鳴り始めた。

「あ、俺か。ちょっと悪い」

蒼甫先輩がズボンのポケットからスマホを取り出し相手を確認すると、一瞬目を細めてから電話に出た。

「ああ、俺だ。高橋《たかはし》か、どうした？」

高橋という名前と蒼甫先輩の口調で、相手が雅苑の男性社員とわかり、すぐに仕事の電話だと気づく。

何かあったのだろう。深刻な顔をする蒼甫先輩は話しながら深く息を吐くと、「確認してから折り返す」と言って電話を切った。

その様子に、一抹《いちまつ》の不安がよぎる。

「何かありましたか？」

不安げにそう聞くと、蒼甫先輩は私に向き直った。

「明日の午後一時半からの廣田《ひろた》様の挙式披露宴、神部《かんべ》さんの代わりに入るのってお前だっけ？」

神部さんとは、うちと契約しているプロダクションの司会者で、一ヵ月前から体調を崩して休んでいる。その人が担当するはずだった挙式披露宴をいくつか振り分けて、そのひとつを私が受け持ったのは間違いないが……。

「はい」と小さく頷くと、蒼甫先輩は派手にため息をついた。

「ダブルブッキングしてる」

「え？　そんなはずは……」

慌ててバッグからスマホを取り出し、スケジュールを確認する。ディスプレイをスクロールして明日の状況を確認しても、それらしきところは見当たらない。明日の私の担当は三つ。どれも間は一時間空いていて、なんの問題もないはずだ。

「椛が明日担当する河野《こうの》様の披露宴、何時からになってる？」

「午後五時からですけど」

「違う、十五時からだ。あそこは挙式会場が違うし、披露宴も三階だ。五時と十五時の確認ミスじゃないのか？」

「嘘……」

そんなはずはないと思う反面、そう言い切れる自信もない。そんな初歩的なミスをするなんて……。

明日は大安吉日《きちじつ》で挙式披露宴の数も多く、今さらほかのMCを探せるのか。いや、探せるのかじゃない。責任を持って探さなくてはいけない。

挙式の前日にこんなことを頼める人はそうそういないだろう。打ち合わせも何もできていないのだから、ベテラン司会者を見つけなければ。

知っている人全部に、片っ端から連絡してみよう。

そう思い、スマホを操作しようとした私の腕を、蒼甫先輩がつかんだ。

「慌てるな。代わりなら、いるだろう」

「そんな簡単に言わないでください。もう明日なんですよ?　どこにそんな人が……」

「お前の目の前」

私の目の前?　腕をつかまれたまま、下げていた目線を上げる。そこにはもちろん蒼甫先輩が立っていて、私をじっと見つめていた。

「もしかして蒼甫先輩の言っている代わりって……」

「そう、目の前にいる俺」

すぐには理解できず、頭の中が真っ白になって言葉が出ない。

「俺を誰だと思ってる。椛に仕事を教えた、MCのスペシャリストだっていうことを忘れたのか?」

そんなこと言われなくたって、忘れるはずがない。私は会長の慶悟さん、そして蒼甫先輩に育てられたようなもの。特に蒼甫先輩には、出来の悪い私を根気よく指導してくれて、感謝している。

「でも蒼甫先輩には……」

副社長としての仕事がある。ありがたい申し出だけれど、簡単にお願いしますとは言えない。

「お前も立派なＭＣになったからな。俺では力不足か？」

「そんなこと誰も言ってない……じゃないですか。先輩には先輩の仕事があって、忙しい時に私のミスを庇《かば》う必要がないというか、なんというか」

「俺は雅苑の副社長で桃の上司。従業員や部下の失敗をカバーするのも仕事のうちだ。それにこれはお前のミスだからな、俺が守らなくてどうする」

そう言って私の頭をポンと撫でると、「電話かけてくる」と言いその場から離れた。

なんなんだ。この身体の中から溢れ出る、言葉にできない感情は。

ポンと撫でられた頭に手を乗せると、蒼甫先輩に対する初めての感情に首を傾げた。

『お前のミスだからな、俺が守らなくてどうする』

あの言葉は、先輩として後輩をっていう意味だよね。

そんなに深く考えることもない。わかっているのに、その真意が知りたいと思ってしまう私はどうかしてる。

軽くため息をつき手を頭から下ろすと、不意に肩を叩かれて身体がビクッと跳ね上がった。

「何をそんなに驚いてる。高橋に連絡してきた。あいつが気づいてくれて助かった。明日、礼を言っておけよ」

「はい、ありがとうございました。今後はこのようなミスがないよう——」

「もういい、仕事の話はもう終わりだ。で、なんで紳士服売り場?」

時が少し前に戻り、まるで何もなかったように話し始めた。

「彼氏に何かプレゼントとか?」

「ち、違いますよ!」

「だろうな」

わかってるなら聞かないでよ。

心の中でそう言ってみる。

そういえば、今まで彼氏にプレゼントなんて買ったことがなかったなと、ひどく落ち込んだ。

大学を卒業した頃は彼氏と呼べる人もいたけれど、あとにも先にも彼氏と呼べる人はその一度きり。関係も浅く、今思えばお互いに本気だったのかどうかさえ疑わしい。

よく考えてみれば、相手の誕生日も知らないんだから、プレゼントなんてするはずもなく。もらったことすらなくて、お返しだって買ったことがない。

食事は割り勘。テーマパークへ行ったり、ふたりで旅行したりなんていうキラキラな思い出さえないんだから、所詮《しょせん》それまでの関係だったんだと今さらながら思う。

なんとも寂しいものだ。

「どうした、しんみりとした顔して」

「なんでもないです。放っといてください」

もとはといえば、蒼甫先輩が『彼氏に何かプレゼントとか？』なんて言うのが悪い。

そのせいで、嫌なことを思い出してしまったじゃない……。

いい恋愛をしてこなかった私は、本当になんにもない萎れ女だったみたいだ。

哀《あわ》れな気持ちになってハァーッと大きく息を吐くと、いきなり蒼甫先輩に右頬をつままれる。

「なんだよ、ため息なんかついて」

「ちょっと昔のことを思い出しただけで、別にたいしたことじゃないです。それより、ほっぺた痛いんですけど」

「離してほしかったら言えよ、その思い出したってことを」

言いたくないから、たいしたことじゃないと言ったのに、どうしてそれを話さなくちゃいけないのか。

蒼甫先輩から顔を背けようとすると、自然と私の右頬をつまんでいた指が外れた。

「痛いじゃないですか！」

「椛が自分で引っ張ったんだろ」

勝手なことばかり言う蒼甫先輩の言葉を無視して、目の前に並んでいるネクタイに視線を下ろす。どれも素敵なネクタイばかりだが、ひとつのネクタイに目が留まる。

それは光沢の綺麗なシルク素材で、幅広のストライプ柄がクラシックな印象を与えるネクタイ。見た瞬間、これをつけている蒼甫先輩の姿が想像できて、それを手に取ると何度か蒼甫先輩と交互に見た。

「うん。やっぱり先輩のイメージにぴったり」

そう言って蒼甫先輩の首元にネクタイを合わせると、先輩は少し驚いたような顔を見せた。

「な、なんだよ」

「先輩、素敵なネクタイをたくさん持っているとは思いますけど、これもその中のひとつに加えてもらえますか？　今日のお礼です」

「マジで？」

蒼甫先輩は「はい」と頷く私の手からネクタイを取ると、鏡の前に立つ。気に入ってくれたのか、その表情はまんざらでもないように見える。

「桃にしては、いい見立てなんじゃないか」

なのに先輩は憎まれ口を叩くから、ほんと可愛くない。

でもそう言っている顔がいつになく嬉しそうで、なぜか胸がドクンと高鳴る。

これが、なんなのかわからないほど子供じゃないが、すぐに認めるには大人になりすぎたか。それほど豊富ではないが、二十九歳にもなれば少なからず恋をしたことはある。

うるさいことを言われても、傲慢で偉そうな態度を取られても、蒼甫先輩から離れられなかったのは……。

好きだから——。

〝LIKE〟だと思っていた感情は、どうやら〝LOVE〟だったみたいで。突然湧き起こった感情に、その気持ちが本当なのか戸惑うばかり。

昨日からの一連の流れがあったから、脳が勘違いしているのかもしれない。先輩が彼氏っぽいことばかりしてくるから、そう思い込んでしまっているのかもしれない。

いろいろ考えてはみたものの、一度湧き起こってしまった気持ちはそう簡単には変わらない。

さっきお好み焼き屋さんで蒼甫先輩がメールを見ていた時のモヤッとした気持ちも、そのあと竹内さんの話を聞いて胸が痛くなったことも、仕事のミスを庇ってくれて『お前のミスだからな、俺が守らなくてどうする』と言ってくれた時に感じた、言葉にできない感情も、この気持ちの前触れだったような気さえしてくる。

いろんなことが一致してくると、今の気持ちも素直に受け入れられる？

認めたいような認めたくないような、複雑な気持ちが交錯する。

蒼甫先輩を見つめたって答えなんか出ないのに、ただなんとなく、先輩のことをぼんやりと見上げた。

「おい、どうした？　なんか目がおかしいぞ」

ピンッとおでこを弾かれ、その瞬間我に返る。

「もう、先輩！　さっきから痛いことばかりしないでください！」

弾かれたおでこを擦りながら、蒼甫先輩を睨みつけた。

「手加減してやってるんだから、痛いはずないだろ。大袈裟だな」

私が睨みつけているというのに、どういうわけか蒼甫先輩は楽しそうに微笑んだりするから、怒ってるのがバカバカしくて身体の力が抜けてしまう。

まあ、いっか。

突然湧き起こった気持ちについては、今日のところは一旦保留。

その想いを胸の中にしまうと、蒼甫先輩からネクタイを受け取って、レジへと向かった。

「先輩、今日はいい買い物ができました。ありがとうございます」

「こっちこそ、ネクタイありがとな」

蒼甫先輩はネクタイの入った袋を見ながら、満足そうに微笑む。

お好み焼きは美味しかったし、いい買い物もできた。

朝からの急展開で思いも寄らない日になったけれど、蒼甫先輩の笑顔に午前中の疲れも一気に吹っ飛び、軽やかな気分で帰宅の途についた。

あちらを立てればこちらが立たず？

荷物がたくさんあるからと、蒼甫先輩は車を家の正門前につけるため、雅苑の裏手から入った。すると門の前に一台のタクシーが停車しているのが見えた。

「なんだよ、あのタクシー。うちに用事か？」

タクシーがいては車が停められないので、荷物を運び入れるのはあとにして、一旦車を駐車場に停めに行く。スーツなど買ったものだけを持って門をくぐると、千夜さんの後ろ姿が見えた。

「千夜さん、誰か来てるの？」

蒼甫先輩が呼ぶ声に、千夜さんが振り返る。

「蒼甫さん。あら椛さんも、おかえりなさい。おふたり、ご一緒だったんですねぇ」

千夜さんはそう言ってニッコリ微笑むと、私と蒼甫先輩を交互に見た。

「いいですねぇ、若い人は。うふふ」

私と蒼甫先輩がデートでもしてきたと思っているのか、意味ありげに含み笑いをする千夜さん。

その顔は何か勘違いしてるよね？

蒼甫先輩を見上げるが、肯定も否定もせず千夜さんに合わせて一緒に微笑んでいるから、何を考えているのやら。

「あ～そうそう。薫《かおる》さんが、お帰りになっているんですよ」

急に思い出したのか手をパチンと叩くと、千夜さんは慌てて玄関の中へと入っていってしまった。

「はあ⁉　兄貴が帰ってるって、どういうことだよ？」

「薫さん⁉」

ふたり同時に声を揃え、顔を見合わせた。

薫さんとは、雅苑の関連会社『ＭＩＹＡＢＩ』の社長で蒼甫先輩の実のお兄さん。歳は確か今年で三十五歳。身長百九十センチ近くの長身で、彫りの深い顔立ちの異国情緒漂うイケメンだ。

温厚で誰にでも優しく気さくで明るい性格ゆえに、蒼甫先輩とは違った意味で皆から好かれている。

でも薫さんって確か今年の春から拠点をアメリカに移し、しばらくは帰ってこないと言っていたはず。なのにどうして、こんな忙しい年末に帰ってくるわけ？

雅苑のウェディングドレスのほとんどは、アメリカで活躍している新進気鋭《きえい》のデザイナー・冨士原里桜《ふじはらりお》の作品で、あっちにいるほうが仕事をしやすいと言っていたのに。

「嫌な予感がするな」

蒼甫先輩の言葉に苦笑すると、よくわからないまま中に入る。

すると、千夜さんに私たちが帰ってきたことを聞いたらしい薫さんが、リビングから飛び出てきた。私は用心に越したことはないと、反射的に身構える。

「椛ちゃーん、ただいまー」

やっぱり来た!

アメリカ好きの薫さんは、学生の頃から留学や旅行でアメリカに行っていたと聞いている。社会人になってからもそれは変わらず、アメリカかぶれなのか、それともオープンすぎる性格によるものなのか。蒼甫先輩に『俺の後輩だからよろしく』と入社当時に紹介されてから、いつも私を見つけると〝ハグ〟をしたがるのだ。

いわゆるボディーコミュニケーションというやつなんだろうけれど、ハグにとどまらずキスまでしようとするから困りものだ。

でも今日は少し違った。

薫さんがあと三メートル程まで近づいたその時、私の前に蒼甫先輩が立ち塞がった。

「兄貴、ここは日本だ。挨拶は、ただいまだけでいい」

　蒼甫先輩の背中が、やけに大きく感じる。

「なんだよ蒼甫、ナイト気どりか？　椛ちゃんは、蒼甫のものじゃないだろう？」

「別に、俺のものだからって言ってるわけじゃない」

「だったらいいじゃない。ねえ、椛ちゃん」

「は、はあ……」

　ねえ、椛ちゃんと言われても……。

　やっぱり私は日本人で、ハグやキスの挨拶は苦手。だから、蒼甫先輩の言っていることが正しいと思うけれど、薫さんを否定するのもいかがなものか。

　別に減るもんじゃないし、ここはハグくらい我慢しておくべき？

　でも蒼甫先輩は薫さんを目の前にしても一歩も引かず、私の前に立ち続けている。

　そんな先輩を見て薫さんは根負けしたのか、「わかったよ」と言って、ククククッと意味深に笑いだす。

「蒼甫が感情を顕《あらわ》にするなんて、珍しいね」

「うるさい、放っとけ」

　痛いところを突かれたのか蒼甫先輩はそう言って、バツが悪そうに頭をガシガシとかいた。

「椛ちゃんは……まだ気づいてないみたいだね」

急に話題を振られ、「なんのことですか？」と首を傾げる。

「いや、こっちの話。蒼甫、タクシーにまだ荷物あるから、運ぶの手伝ってくれる？」

薫さんは何事もなかったかのように外へと歩きだすが、私はまだわだかまりが残ったまま。

私がまだ何に気づいてないっていうの？　蒼甫先輩に関係があることなの？

しばらく考えても答えは出てきそうになくて、諦めて蒼甫先輩のあとを追った。

薫さんの荷物と私の荷物を運び終え、リビングで千夜さんが淹れてくれたコーヒーを三人で飲んでいる。

「ところで兄貴、いつこっちに帰ってきたんだよ？」

「ん？　昨日。空港近くのホテルで一泊して、雅苑に寄ってからここに来た」

そう言ってコーヒーをひと口飲むと、薫さんは大きく腕を上げ背筋を伸ばす。

「アメリカもいいけど、やっぱり実家はいいね。しかも椛ちゃんがここで暮らすことになっていたなんて、僕ってなんてラッキーなんだろう」

薫さんはニッコリ微笑みながら、隣に座っている私に少し近づく。

「兄貴、椛に手を出すなよ」

それを見ていた蒼甫先輩が間髪《かんはつ》いれずにそう言うと、薫さんは面白くないとでも言うように口を尖らせた。

「なあ、椛ちゃんって、蒼甫の何？」

「何って、後輩で会社の部下だけど」

「だよね。彼氏でもないのに、いちいち口うるさいんだけど」

性格の異なるふたりが、私のことで何か揉《も》めている様子。

「俺にはこいつを管理する責任があるんだよ。すぐアメリカに帰る兄貴に、とやかく言われる筋合いないんだけど」

揉めているところ悪いんですが、管理する責任だとか、蒼甫先輩って私の保護者なんですか？

どうせ同じ責任という言葉を使うなら、『俺にはこいつを守る責任があるんだ』くらい言ってほしい。

……って。まあそれは、私の勝手な願望。

私の気持ちは蒼甫先輩へと向かいつつあるが、あっちは私のことなんて、ただの後輩としか思っていないはず。

ん？　いや、待って——。

ふと昨日の出来事を思い出す。

確か蒼甫先輩は昨日私にキスした時、『小うるさい口を塞いだだけ』とかなんとか勝手なことを言っていたけれど、そのわりには甘く深い口づけだったような……。

いくら気心知れた後輩だからって、小うるさいって理由だけでキスなんてするものだろうか。

その前にお風呂場で私の裸を見たから、欲情したとか？

蒼甫先輩も三十歳の大人。まさか童貞《どうてい》のはずもないし、私の裸を見たくらいでそれはないか。

今のところ、突然湧き起こった恋心は私の一方通行。なんとなく気持ちの輪郭《りんかく》はハッキリしてきたものの、中身が埋まりきっていない。

「……椛。椛！　おい、聞いているのか？」

「え？　はい。なんでしたっけ？」

自分の世界に入りきっていた私は、蒼甫先輩の話をひとつも聞いておらず、我に返ると慌てて聞き返す。

「何ボーッとしてるんだよ。兄貴も、ここで暮らすってさ」

「へぇ～、そうなんですね……って薫さんも⁉　本当ですか？」

蒼甫先輩とふたり暮らしなだけで心配だったのに、そのうえ薫さんも一緒なんて。

家というものは、一日の疲れを癒す大事な場所。それなのにこの兄弟がいては……。

蒼甫先輩と薫さんを交互に見ると、先行き不安な私は頭を抱えた。

「椛ちゃん。その態度は、僕が一緒なのが嫌なのかな？」

薫さんが、寂しげな目で私を見つめる。

一緒が嫌と思ったわけじゃない。けれど私が、そう思わせるような顔をしてしまったんだろう。

それにここは、蒼甫先輩と薫さんが生まれ育った家。そこに住まわせてもらうことになった私が、文句を言える立場にない。

「そ、そんな嫌なんて、全然思ってないですから！　どっちかといえば歓迎？　かなぁ」

ひとりよりふたり。ふたりより三人。

それに、蒼甫先輩のことが好きと自覚してしまった今となっては、薫さんがいてくれたほうが都合がいいかも。

薫さんに笑顔を見せると、彼の表情が一瞬でパッと明るくなる。

「歓迎？　ほんとに？　嬉しいなぁ。梲ちゃん、今日からよろしくね」

「はい。こちらこそ、よろしくお願いします」

またしても両手を広げる薫さん。もうこうなったら仕方ないかと思った矢先、強《きょう》烈《れつ》な視線を感じて目線を動かす。

蒼甫先輩がジロッと睨んでいるから、薫さんに応えるのをやめて右手を差し出した。

「蒼甫も梲ちゃんも、ほんと面白いね。ここでの生活が楽しめそうだ」

薫さんは私の右手を握ると、愛嬌《あいきょう》たっぷりにウインクしてみせる。

何を楽しむつもりですか、薫さん。嫌な予感しかしないんですけど……。

薫さんはもともとポジティブで、なんでもいいほうに考え、何事も楽める性格。それは昔から知っていたけれど。

私生活をともにするのは、ちょっと疲れそう……。

男ふたりと女ひとりが、ひとつ屋根の下で暮らすことになるなんて。想像もしたことがないから、どうなってしまうのか、かなり不安だ。

「じゃあ私はそろそろ部屋に戻ります。持ってきたものの整理もしないといけないし」

こんなところで長居は無用と立ち上がり、リビングを出ていこうとした私に蒼甫先輩が呼びかける。

「椛、片づけが済んだら俺に声かけて。夕食の準備するからさ」

「夕食の準備って、私もですか？」

「当たり前だろ。働かざるもの食うべからずだ」

「そんなぁ……」

明日からはまた普通に仕事。今晩はのんびり過ごそうと思っていたのに。

「わお！　今晩から椛ちゃんの手料理が食べられるなんて、僕はなんて幸せ者なんだ」

薫さんはそう言って大喜びだが、私はひとり項垂れる。

「兄貴、それ大袈裟。言っとくけど椛は料理できないから、俺の助手だ」

「そんなこと、どうでもいい。椛ちゃんがキッチンに立つことに意味があるんだよ。ねえ、椛ちゃん」

ねえ、と言われて苦笑する私に、薫さんが優しく微笑み返してくれる。

薫さんは、本当にいい人だ。屈託のない笑顔を見ていると、少しだけ心が癒される。

それに引き換え、蒼甫先輩は……。

私と薫さんのやり取りを見て、くだらないとでも言いたげな顔をしている。

なんとなくいたたまれない気持ちになった私は、蒼甫先輩の目線から逃げるようにリビングを出た。

何も、あんな顔しなくてもいいのに――。

急いで自分の部屋に戻り、そのままベッドに寝転ぶ。何も考えないように天井を仰ぎ見ると、またすぐに蒼甫先輩の顔が浮かび上がってきてしまった。

のんびりしたかったのは事実。だからといって、蒼甫先輩と一緒にいたくないと思ったわけじゃない。

まあいきなり『働かざるもの食うべからず』と言われたことには不服だけど。それも今落ち着いて考えれば、当たり前のこと。無償で住まわせてもらっておきながら何もしないなんて、人として問題あり。あれもできない、これもできないでは、この先生きていけないし。

蒼甫先輩にこき使われるのは面白くないけれど、あばたもえくぼ。こうなったらどんな欠点も、どんと受け入れようじゃないの。

そうと決まればさっさと部屋の片づけをして、蒼甫先輩を呼びに行こう。

決意したものの、片づけも苦手な私は、運び入れたものを半分片づけたところで作業を一旦止めると、蒼甫先輩に声をかけるため部屋を出た。

蒼甫先輩の部屋は、階段を挟《はさ》んで私とは反対側にある一番手前。ノックをして呼びかける。

「蒼甫先輩、片づけ終わりました」

ちょっと嘘をついてしまった。

「椛か。入っていいぞ」

え？

まさかの返事に、心拍数が一気に上がる。

入っていいぞって、私を部屋の中に呼び入れて一体何をするつもり？

妄想ばかりが先走り、動揺が止まらない。

それでも先輩の部屋は気になるもので。「じゃあ、失礼します」と言ってドアノブに手をかけ、ゆっくりドアを開いた。そこから顔だけ覗かせると、ソファーに座っている、蒼甫先輩と目が合った。

「何してるんだ、さっさと入れよ」

そう言われても、男性の部屋に入るのに、こんなにも落ち着かないというか気恥ずかしい気持ちになったのは初めてで。

以前男性と付き合っていた時に、何度か部屋に入ったことはあるけれど、こんなに鼓動が激しくなることはなかった。

やっぱりたいした恋愛をしてこなかった証拠だと、今さらながらに後悔。

でもだったら、これから素敵な恋愛をしたらいいんじゃない？　今からだって遅くない。本気で、本当の恋に落ちてみたい！

誰と？　それは——。

「なあ椛。いつまでそこで、ひとり芝居してるつもりだ？」

蒼甫先輩にそう言われて、自分が締りのない顔をしていることに気づく。

今まで妄想グセなんてなかったのに……。

顔をもとに戻し、わざとらしく咳をひとつすると、蒼甫先輩の部屋へと一歩足を踏み入れた。

そこは雑誌で特集されているような、凄まじいほどオシャレな部屋。暖色をベースにした配色で整えられたインテリアは、シンプルだけど柔らかな印象を与えている。

蒼甫先輩のイメージだと、モノトーンで統一されてるかと思っていたけど。

ちょっと意外——。

緊張せず寛《くつろ》げる空間に、蒼甫先輩のセンスのよさが窺える。

「人の部屋、ジロジロ見すぎ。何か気になることでも？」

自分の部屋だからか、蒼甫先輩はいつもと少し違ってリラックスした感じだ。荷物を運ぶ時のジーンズ姿もよかったけれど、ボーダー柄の部屋着もどこかのブランドなのか、清潔感があって好印象だ。

……って私ったら、さっきから蒼甫先輩のことを褒めすぎ。

「部屋、綺麗にしてるんですね」

当たり前のことを言ってみる。

「椛とは違うからな」

予想通りの返答で思わず笑ってしまい、怒る気力も起こらない。

蒼甫先輩は読んでいた雑誌をテーブルの上に置くと、手招きして私を呼んだ。それに応えるように蒼甫先輩のそばに行き、隣に腰を下ろす。

「これ見てみ。新作のウェディングドレスだってさ」

そう言って手渡された透明のファイルの中には、外国人のモデルが着たウェディングドレスの写真が入っていた。

「わあ、すごく綺麗。もちろん里桜さんの作品ですよね？」

里桜さんは、今アメリカで注目されているウェディングドレスのデザイナー。薫さんの友人で、その縁で日本では雅苑でのみ、里桜さんのウェディングドレスを扱っている。

里桜さんはバツイチ子持ち。奈々《なな》ちゃんという六歳の可愛い女の子のママでもある。

シングルマザー、しかもアメリカで働きながらの子育ては大変だと思うのに、時々こっちに帰ってきて顔を合わせても、疲れた顔ひとつ見せないバイタリティ溢れる女性で、私の憧れの存在なのだ。

「最新作だって兄貴が言ってた。里桜さんの作品を待っているお客様も多いからな。早速新しいウェディングドレスがメインの、ブライダルフェアを計画しないとな」

「そうですね。模擬披露宴は任せてください」

偉そうに胸を張ってみせると、蒼甫先輩の大きな手が私の頭の上に乗せられる。

「ああ、頼むな」

今日の蒼甫先輩は、やけに優しい気がする。普段はこんなことをするような人じゃないのに……。

というか、今までは職場でしか顔を合わすことがなかったし、ふたりっきりになることもほとんどなかった。

昨日からの急展開で、あっという間に関係性が変わってしまったような。ふたりっきりだと傲慢さも感じないし、やけに可愛がられている？

もしかして、蒼甫先輩も私のこと――。

勝手な想像に顔が火照りだし、慌ててうつむく。でもそんな私の耳に届いた蒼甫先輩の言葉は……。

「今晩からしばらく食事の準備はしなくていいと千夜さんに伝えたからな、そろそろ夕食の準備をするか。俺の指導は厳しいぞ、覚悟しておけよ」

現実は、甘くないらしい。

急いては事を仕損じる？

「はい、これを使ってくださいね」

千夜さんからエプロンを受け取ったが、このあとのことを想像すると、ため息しか出ない。水玉模様の可愛らしいデザインのエプロンを見てほんの少しテンションが上がったけれど、憂鬱なのには変わらない。

「蒼甫さんの料理の腕前はプロ並みですよ。いい花嫁修業になりますね」

「は、花嫁修業なんて！　千夜さん、何言っちゃってるんですか⁉」

私の耳元で呟いた千夜さんの言葉に、過剰反応してしまう。

慌てて蒼甫先輩を見たが、こっちのことには気づいていないのか、普段と変わらない顔をして冷蔵庫から食材を出している。

よかった……。

「お疲れさまでした」と今日の仕事を終えて帰っていく千夜さんを見送り、キッチンに戻る。エプロンをつけ手を念入りに洗うと、いつもの黄色い花柄のエプロンをつけた蒼甫先輩の横に立った。

「米を炊いたことは?」

「ありません」

「……聞いた俺がバカだった」

なんですか、その間は。

そうツッコミを入れようとしたけれど、どうせ『うるさい、黙れ』と文句を言われるだけだと思いやめた。

「炊飯器の中から内釜を持ってきて」

今日の私は、蒼甫先輩の助手。言われたことには文句を言わず、ただ黙ってその指示に従うだけ。これは鉄則。

炊飯器の中から内釜を取り出すと、蒼甫先輩の隣に並ぶ。すると蒼甫先輩は私の後ろに回り、背後から腕を伸ばした。

後ろから抱きしめられるような格好になって、一瞬で身体が固まる。

「米っていうのは、こうやって研《と》ぐんだ」

蒼甫先輩の身体が私の背中に密着し、そこから熱が帯びだすと、その熱が身体中を駆け巡る。先輩の手元に集中したいのに、背後から抱きすくめられているような感覚に、どうにもこうにも落ち着かない。

「お前、ちゃんと見てるのか?」

「み、見てますよ」

必死にそう答えたのに、蒼甫先輩、なんだか笑ってる?

身体に細かい振動が伝わってきたと思ったら、ククッとおかしな笑い声が聞こえてきた。

「先輩?」

「椛、お前面白すぎ」

その言葉でピンとくる。

これって私、遊ばれてない?

後ろを振り返り見上げると蒼甫先輩はまだ笑っていて、全く面白くない私は唇を尖らせた。

「いい加減にしてください。昨日といい今といい、何度からかったら気が済むんですか?」

「悪い。椛の反応が面白くて、つい……」

「先輩、趣味悪いですよ」

そう言って蒼甫先輩の腕から抜け出ようとしたが、呆気なく失敗に終わる。蒼甫先輩の逞《たくま》しい腕が私の身体を反転させ、強く抱きしめられると、向かい合った身体は身動きひとつできなくなってしまった。

「まだ終わってないぞ。米研ぎは時間との勝負だ」

「だ、だったらこの腕、離したほうがいいんじゃないですか？」

「まあ、そうなんだけどな」

蒼甫先輩はどういうつもりでこんなことしてるんだろう。女性を抱きしめるくらい、朝飯前？

たいした恋愛をしてこなかった私に、この状況は理解しがたい。

マジで勘違いするよ？

職場でも人当たりがいいからか人気はあるが、今までチャラい印象を受けたことはない。誰にでも、こんなことをする人だとは思いたくないけれど。

だとしたら、私は特別？

「いや〜、それはないない……あ」

蒼甫先輩の温もりに安心したのか、心の声が漏れてしまった。ハッと気づき、慌てて口を閉じる。

「ん？　何がないんだよ？」

蒼甫先輩にそう突っ込まれ、でも今、口を開くと自分の気持ちが飛び出してしまいそうで、無理やり先輩の腕から逃れると、クルッと振り返り背を向けた。

「さあ先輩、ちゃっちゃと夕飯作っちゃいましょう」

何をしたらいいのかわからないのに、目の前に置いてあった包丁を握りしめる。

「わ、わかった。わかったから、その包丁を離せ。俺はまだ死にたくない」

その口調がまるで、凶悪事件の犯人を説得するようで笑えてくる。

「なんですか、それ？　なんで私が、蒼甫先輩を刺《さ》すんですか？」

「お前のことだからな、間違いを起こすかもしれない」

「起こしませんよ」

まるで夫婦《めおと》漫才のようなやり取りをしていると、カウンターの向こうからコホンとひとつ、咳払いが聞こえてきた。

「君たちは、ほんとに仲がいいね。実は付き合ってるんじゃないの？」

薫さんはカウンターに頬杖《ほおづえ》をつくと、疑いの目でこっちを覗き込んでいた。

「兄貴。だから、そんなんじゃないって言ってるだろ」

「そ、そうですよ。薫さん、変なこと言わないでくださいっ‼」

私は慌てて取り繕うが、蒼甫先輩は至って冷静で。薫さんにブツブツ文句を言いながら、次の料理の準備に取りかかっていた。

私ひとりが取り乱していて、バカみたい……。

好きという気持ちは、やっぱり私の一方通行。もしかして蒼甫先輩も私のこと……なんて、ひとりよがりも甚だしい。

でも薫さんはまだ何かを勘ぐっているのか、私と蒼甫先輩を交互に見て、ニヤニヤと笑っていた。

「兄貴、邪魔。夕飯できたら呼ぶから、あっち行ってろよ」

「えぇ～、僕だけ仲間はずれにするつもり？　椛ちゃんと、もっと話がしたいなあ」

薫さんはそう言って私を見ている。

そんな甘えた声で言われても、困るんですけど……。

でも無視するわけにもいかず「そうですね」なんて返事をすると、蒼甫先輩がそんな私の肩を小突く。

「兄貴には気をつけろよ。あいつは女なら見境ないから」

「そ、そうなんですか⁉」

見境がないなんて初めて聞いた。そんなことないと思うんだけど。

だって薫さんには、好きな人がいるはずで……。

半信半疑で薫さんを見ると、大きく首を振って「違う違う」とアピールしていて。

「椛ちゃん、僕もう三十五歳だよ？　見境ないなんて、そんなわけないでしょ！　蒼甫も、いい加減なこと言わないでもらいたいなあ」

「いい加減なことじゃない。以前はそうだった、だろ？」

「……まあそこは、否めないけどさ」

薫さんはバツが悪そうに頭をポリポリかきながら歩きだし、私の目の前まで来ると両手をガシッとつかんだ。

「でも、椛ちゃんは信じてくれるよね？」

そう言う薫さんの瞳が、雨の日に捨てられている子犬のように見える。

「し、信じます」

まるで催眠術にでもかかったかのように、口が勝手に動いてしまった。

「おい、椛！　お前、どっちの味方なんだよ！」

「え？　あ、はい。すみません」

突然蒼甫先輩に責め立てられて、特に悪いことも言ってないのに謝ってしまう。

蒼甫先輩と薫さん、どっちの味方をするつもりもないんだけれど。

攻撃的な蒼甫先輩の目と、懇願するような薫さんの瞳。

ふたりの視線に挟まれて戸惑っていると、「あぁ、もう！」とひと言発した蒼甫先輩が、私を薫さんの手から引っ張り離した。

「悪かった。どっちの味方でもいいから飯作るぞ、飯！」

「は、はい」

薫さんにペコリと一礼してから蒼甫先輩の隣に行き、先輩から渡されたレタスをボウルの中にちぎり入れる。

「やれやれ。ほんと、素直じゃないんだから」

素直じゃない？　それって誰のこと？

薫さんの言葉に首を傾げる。

蒼甫先輩を見ても、薫さんの声が聞こえなかったのか、調理をする手を止めることはなく、ただ黙って鶏肉《とり》を切っている。

薫さんもいつの間にかいなくなってるし。一体なんなの、この兄弟。

「手が止まってる。ボーッとしてないで、さっさとやれ」

蒼甫先輩は手に持っていたお玉で私の頭をコンッと叩くと、目を細めて睨みつける。

「お玉で叩くなんて反則です！　わかりましたよ、やればいいんでしょ、やれば」

ほんと今日は、踏んだり蹴ったりな一日だ。

後ろを向いている蒼甫先輩にあかんべいをお見舞いしスッキリすると、ひとりレタスをちぎり始めた。


矢嶌家で暮らすようになってから一週間。

スタッフルームで進行表をチェックしていた私はその手を止め、窓の外を見た。

空には灰色の雲が広がっていて、今にも雨が降りだしそうだ。でも幸いなことに、今日は珍しく結婚式の予定はひとつも入っていない。それだけが救いだった。

結婚式は、できることならば晴れの日で迎えたい。

特にガーデンウェディングや徒歩圏内にある神社での神前挙式の場合なんかは、雨が降ると予定を変更しないといけないこともしばしば。そういうこともあるかもしれないという前提で準備は進めているものの、雨が降らないに越したことはない。

打ち合わせでひとつ心配なことはあるけれど、今日は平穏な一日になりそうだ。

安堵のため息を漏らすと同時に、スタッフルームのドアが開く。

「どうしたの？　朝から浮かない顔して」

朝イチのミーティングから戻ってきた麻奈美が、私の顔を覗き見る。

浮かない顔？　そりゃああんた、こんな天気ならヤル気がでないというもの。でも浮かない顔の理由は、天気だけではなかった。

「失敗した」

「失敗？　何を？」

「目玉焼き。ちゃんと目玉にならないし、裏はまっ黒焦げだし」

「はあ？　一体、なんの話よ？」

意味がわからないと言いながらも麻奈美は私の前の席に座ると、頬杖をつき、興味深そうな顔を向けた。

「朝ご飯。もう根本的に向いてない。私には料理のセンスが全くないのよ。でもあそこで暮らしてる以上、何もしないわけにもいかないし」

頭を抱え、デスクに突っ伏す。

「でも、顔色はよさそうだわね」

その言葉に素早く顔を上げると、麻奈美の顔を睨みつけた。

「何が言いたいのよ？」

「そのまんまの意味。健康状態はよさそうだし、副社長との関係も良好そう。薫社長も一緒に暮らしてるって言ってたけど大丈夫？　家事はまだまだダメみたい、ね？」

何が『ね？』だ。人の気も知らないで……。

確かに麻奈美の言う通り、職場と家での態度の違いに戸惑いながらも、それなりに蒼甫先輩との関係性を楽しんでいるのは事実。

一緒に過ごす時間が長くなり会話も増えると、今まで知らなかった先輩のあれこれを知れて、思わぬ発見も多い。

家事を教え込まれる時はカチンとくることもあるけれど、すぐに収まってしまうのは惚れた弱みだろう。

蒼甫先輩の気持ちはわからないままだけど、私の一方通行の恋はどんどん大きくなっている。

でもいかんせん、薫さんがひと筋縄ではいかなくて。何かにつけて私に絡んでくるもんだから、その対処に苦労が絶えない。

蒼甫先輩とふたりでいることを許さないと言わんばかりにどこにでも現れるから、瞬間移動でもできるんじゃないかしらと密かに思っていたりする。

それにしてもこんな状況で、いつまで心がもつのやら……。

ハァーと深く息を吐き途方に暮れていると、麻奈美が「ふ～ん」とわざとらしい声を出す。

「その感じだと、やっと自分の気持ちに気づいたみたいね」

「……いつから、わかってた?」

そう言った私の顔を、麻奈美がもう一度覗き込んできた。

「そうね。もう何年も前からとでも、言っておこうかしら」

麻奈美は勝ち誇《ほこ》ったような顔をして、私の鼻をピンと弾く。

面白くない――。

思わずムッとして、顔をしかめた。

「だったら、もっと早く教えてくれればよかったのに」

そうしたら、今とは全然違う今を過ごしていたに違いない。

でも麻奈美は呆れたように肩をすくめると、私の目をまっすぐに見た。

「恋っていうものは、人に教えてもらってするもんじゃないでしょ。自分で気づかなきゃ意味ないの。わかった?」

「偉そうに……」

自分のほうがちょっと先に進んでるからって、先生みたいに教えを説かないでもらいたい。

でも麻奈美が言ってることもあながち間違いじゃないから、これ以上文句を言うのは控えておいた。

「よかったじゃない。近くに白馬の王子が落っこちてて」

「蒼甫先輩が、白馬の王子ねえ……」

確かにそんなことを言った記憶があるけれど、あの時はひとり暮らしをする前で精神的に不安定だったから、寂しさのあまりに出た言葉だ。実際に白馬の王子が落っこちているわけがないし、ほんとに落っこちていたら、それはそれで気持ち悪い。

「さて、この話はここでおしまい。仕事、仕事」

おしまいって、この話を振ったのは麻奈美のほうなのに勝手なもんだ。

そう思いながらも、少し心配な案件を抱えている私はすぐに気持ちを切り替え、必要な書類を持って一階のサロンへと向かった。

サロンの入口近くには、トルソーに飾られたウェディングドレスにウェディングフラワー、ウェルカムボードやウェディングギフトなどが並んでいる。それを横目に前を通り抜け、奥にいくつかある個室の応接スペースに行く。

私は一番手前の個室に入り、最終打ち合わせのための準備を整え始めた。

今日のお客様は、二ヵ月後に挙式披露宴を行う予定のカップル。

基本的にMCとお客様は、一度しか打ち合わせをしない。それ以後は何かあれば、電話かメールかファックスで済ますのがほとんど。

でも今日のお客様はウェディングプランナーである麻奈美からの『もう一度だけ会って確認してくれない？』という依頼で、再度打ち合わせをする運びとなった。

麻奈美が気がかりなのと同じように、実は私も新婦の様子が気になっていた。

「進行は、この通りでいいんだけどねぇ」

進行表を見て、細かいところまでチェックする。特におかしなところはない。じゃあなんで彼女は麻奈美も同席した前回の打ち合わせの時、あんな不安そうな顔を見せたんだろう。

結婚式は人生の一大イベント。一点の曇りも、あってはならない。できることならば、晴れ晴れとした気持ちで結婚式当日を迎えてもらいたい――。それは私や麻奈美だけではなく、この結婚披露宴に関わるスタッフ全員の思い。だから今日は、彼女のほうに重きを置いて話を進めようと、万全の準備をしてきたけれど……。

「肝心な、蒼甫先輩がいないのよねぇ」

窓から見えるのは、雨の中を傘を差して歩く人々の姿。いつから降りだしたのか、アスファルトはもうかなり濡れている。

蒼甫先輩がいないことに加え、天候までが私の気持ちをドスンと重いものにしているようだ。

先輩がそばにいると思うだけで、気持ちが違うんだけど——。

その蒼甫先輩は今朝から神戸《こうべ》の支店へウェディングスペシャルフェアの打ち合わせに行っていて、帰りは夜遅くになると聞いている。

話の進み具合では泊《と》まりになるかもしれないから、薫さんには気をつけるようにと念を押された。

「別に私は、蒼甫先輩の彼女でもなんでもないんだから、そこまで心配することないのに」

そう思いながらも、気にかけてくれるのは嬉しい。

正直なところ、蒼甫先輩がいない時の薫さんは、何をしでかすかわからない。襲うことはないにしろ、ハグやキスを迫ってきたら防げる自信がない。

「もし帰ってこなかったら、今日は麻奈美のところにでも泊めてもらおうかしら」

頬杖をつきパンフレットをペラペラとめくっていると、受付の女の子が小走りにやってきた。

「十一時にご予約の、お客様がいらっしゃいました」

「ありがとう」

立ち上がり身なりを整え、新郎新婦を出迎える。

「あ、里中さん。お久しぶりです」

私に気づいた新婦の溝口《みぞぐち》さんが、笑顔で駆け寄ってきた。彼女に合わせるように、新郎の森《もり》さんも溝口さんの隣に並ぶ。

「お久しぶりです。今日は雨の中をご足労いただきまして、ありがとうございます」

ふたりを応接スペースに案内すると、受付の女の子が抜群のタイミングで飲み物を用意してくれた。

さすが！

頷いて彼女に微笑むと、ありがとうと目で合図を送る。

いい感じで話を進められそう――。

ホッと胸を撫で下ろし、打ち合わせをするふたりの前に資料を並べた。

「本来ならMCとの打ち合わせは一回のみなのですが、おふたりの披露宴はゲストも多いですし、もう少し綿密な打ち合わせをと思いまして」

嘘も方便――。

溝口さんのことが心配で……。そう言って聞き出してしまえば話は早いが、〝急いては事を仕損じる〟ということわざもあるように、相手に不快な思いをさせてしまっては元も子もない。

いつもと変わらないように、もう一度初めからひとつずつ確認をしていく。

ふたりの出会いや馴《な》れ初《そ》め、ご両親のこと。スピーチや余興をしてくれる友達のことなど。

それらを聞きながら、溝口さんの様子をこっそりとそれとなく見ていた。

今のところは笑顔も見られるし、特に変わったところはないかな。新郎の森さんとも相変わらず仲がいいし、とんだ取り越し苦労だったのかも。

フッと安堵の笑みを漏らし、話を次へと進める。

「余興がひとつ増えるとプランナーの遠山から聞いていますが、それ以外に心配事や困っていることなどはございませんか？」

進行表や資料を揃え顔を上げると、さっきまでにこやかに会話していた溝口さんの顔から笑みが消えていた。

どうしたんだろう――。

私、何か溝口さんの気に障ることでも言った？

それなら森さんも表情が変わっているはず……と彼を見たが、さっきまでと特に変わったところはない。彼女だけが、心ここにあらずという感じで目を泳がせている。

「溝口さん。溝口さん？」

「え？　あ、すみません。えっと、なんの話でしたっけ？」

溝口さんは私の呼びかけに身体をビクッとさせると、すぐさま作り笑いを見せた。

これは絶対に何かある――。

そう確信したものの、どこまで首を突っ込むべきか迷う。

私は結婚式場の一スタッフ、深入りすべきではない。そうわかっているのに、性格上放っておけない自分がいる。

普段はにこやかな彼女なのに、何がこんな顔にさせてしまっているのか……。

でも考えれば考えるほどわからなくなってしまい、自分の不甲斐なさに落胆《らくたん》する。

「里中さん？」

森さんが私の顔を覗き込み、心配そうな顔を見せた。

「あ、失礼いたしました」

何やってるのよ、私。逆に心配させてしまうなんて……。

考えても答えが出ないことを、いつまでも悩んでいたって無駄というもの。今日は彼女の気持ちを聞く最後のチャンス。

もし今ここに蒼甫先輩がいたら、きっと『考える前に行動しろ』と言っていたに違いない。

ひとりで考えたって答えなんて出ないんだから、悩むより当たって砕《くだ》けろだ！

自分にそう言い聞かせると気持ちを切り替え、彼女に向き直る。

「……溝口さん。本当に、何か心配なことはありませんか？」

興味本位だと勘違いされないように、同じ質問をもう一度繰り返す。

すると彼女は驚いたように目を見開き、私の顔をまっすぐ見つめた。

「本当にって……。里中さん、何が言いたいんですか？　私たちは幸せになるために結婚するんですよ？　今になって心配事なんて、あるわけないじゃないですか！」

いつもは穏やかに話す溝口さんの棘《とげ》がある言い方に、これ以上は何を聞いても無駄だろうと口をつぐむ。

「梨加《りか》、どうしたんだよ？　里中さんは梨加のことを心配して、聞いてくれているんだろ？」

「そんなこと康生《こうせい》に言われなくたってわかってる。わかってるけど……」

溝口さんの顔が、みるみるうちに曇っていく。

こんな顔をさせるつもりじゃなかったのに……。

自分のしたことが間違っていたのか。

心の中に、後悔の文字が広がっていく。

わだかまりは残ったままだが、相手はお客様。私の言動でふたりの間に亀裂《きれつ》でも入ったら、それこそ本末転倒だ。

もしも結婚式の当日に何かが起こったとしても、それはその時、瞬時に対応すればいいだけのこと。

今までだって、そうしてきたじゃない――。

そう無理やり自分を納得させると、私は姿勢を正し、キュッと口角を上げてふたりに謝った。

「森さん溝口さん、失礼いたしました。溝口さん。気分を害するようなことを言ってしまい、申し訳ございません」

「いいえ、私のほうこそ嫌な言い方してしまって。もしかしてこれが、マリッジブルーってやつですかね」

そう言って苦笑いする溝口さんを見て、「ええ!?　そうなの？」と森さんは大慌て。

私も一緒になって笑っていたけれど、心の中は穏やかじゃなかった。

MCとして、それなりに数をこなしてきた私にはわかる。もちろん間近に結婚式を控えている新婦はマリッジブルーに陥ることがあるが、溝口さんのそれはマリッジブルーとは全く違うもの。

目の前で嬉しそうに結婚式の話をしている彼女は、さっきまでとは別人のようで。

こんな顔を見せる人が、マリッジブルーなはずがない。

とはいえ、これ以上どうすることもできない私は、テーブルの上に広げていた資料をさっとまとめた。

「お衣装や新婚旅行先は決まりましたか？」

「はい。彼女のウェディングドレス姿を見たら、早く結婚式を挙げたくなってしまいまして」

当たり障りのない質問をしたのに、森さんは満面の笑みを浮かべる。

「もう康生ったら……」

頬を桃色に染めて恥ずかしそうにうつむく溝口さんの姿に、心の中のわだかまりが少しだけ緩和《かんわ》された。

「森さん溝口さん。おふたりの挙式披露宴が幸せ溢れるものになるよう、一生懸命務めさせていただきます」

「よろしくお願いします」

新郎の森さんが頭を下げると、それを見て新婦の溝口さんはふわりと微笑む。

その笑顔を見る限り、ふたりの関係に問題はなさそうだ。

挙式披露宴まで二ヵ月。

それまでにほんの少しでも、彼女の中の心配事がわかればいいんだけれど……。

でも結局答えが出ないまま、MCとしての最後の打ち合わせは終わってしまった。


「麻奈美、ごめん……」

スタッフルームで麻奈美を見つけると、近くにあった椅子を引き寄せ、彼女の隣に座る。

「なんで椛が謝るのよ。こっちも難しいこと押しつけて悪かった。で、彼女の様子はどんな感じ?」

進行表を作成していたのか、麻奈美は右手に持っているボールペンをクルクル回し、私の顔を興味深そうに見る。

「うん……まあ、何か心配なことがあるのは間違いないと思う。でもそれは、結婚や新郎の森さんのことではなくて」

多分結婚とは関係のないことのような……。

「そうなんだ。衣装選びや引き出物を決める時、ご両親とも和気あいあいとしてたし、そっちの問題もなさそうだけど」

麻奈美の話に頷くと、深いため息が漏れてしまう。

「一生に一度の大切な記念日になるわけだし、まっさらな気持ちで当日を迎えてもらいたいんだけどなぁ」

そう簡単には割り切れそうになくて、本音が漏れてしまう。

「それはそうなんだけど、私たちはこれ以上深入りするわけにいかないしね。それに結婚を控えてる新郎新婦はあのふたりだけじゃないから、これ以上はどうしようもないよ」

クールな麻奈美はそう言うと、早々に気持ちを切り替え、途中だった仕事を始めた。

確かに麻奈美の言う通り、雅苑で結婚式を控えているお客様は森さんと溝口さんだけじゃない。私がMCを担当する新郎新婦も、年末に向けてかなり立て込んでいる。

仕方ないと諦めるのは多少後ろ髪を引かれるが、時期が時期なだけに、麻奈美の言う通りだと、私もたまっている仕事に集中することにした。

隠すより現る？

「椛、そろそろ終わりにしない？」

麻奈美の声にハッと顔を上げ、疲れた目で時計を見る。

「え？　嘘⁉　もうこんな時間？」

時計の針は午後十時をとうに過ぎていて、スタッフルームには、私と麻奈美しかいない。

森さんと溝口さんのことを考えないよう、仕事に没頭していたせいだ。

「明日はＭＣも入ってるんでしょ？　そろそろ切り上げたほうがよくない？」

「挙式披露宴は夕方からだけど打ち合わせもあるし、麻奈美の言う通りにするかな」

とは言ったものの、このあとどうするか。

蒼甫先輩、結局泊まりになったのか……。

この時間まで会社に顔を見せないってことは、多分そういうことだろう。

わかっていたことだけれど、なんとなく寂しい。しかもあの家に薫さんとふたりっきり。危ないことはないと思っていたけど、蒼甫先輩が『気をつけるように』なんて言うから気になってしまう。

「麻奈美、夕飯どうする?」

やっぱり今夜は、麻奈美の家に泊めてもらうのがいいかもしれない。

よし!　ラーメンでも奢ってやるか。

デスクの上を片づけ、目を通しておきたい書類をバッグに詰め込みながら、そう思っていたのに……。

「誠と約束してるけど、椛も一緒に来る?」

そう言われ、私の安直な考えは一瞬で打ち砕かれた。

それでも夕飯だけは一緒にと雅苑を出ると、黒塗りのハイヤーが目の前に停まった。

こんな時間に誰?

不審に思い足を止めると、ドアが開き中から出てきたのは……。

「椛?　お前こんな時間まで、何してんの?」

「蒼甫先輩⁉　あ、すみません、副社長。お疲れさまです」

慌てて言い直し、頭を下げる。

「副社長とか、今さらだろ。それにもう時間外だ、気にするな」

蒼甫先輩は笑ってそう言うけれど、麻奈美がいる手前そうもいかない。

でも——。

もう今日は帰ってこないと思っていたからか、まさかの蒼甫先輩登場に浮かれ気分な自分がいる。

「副社長、出張お疲れさまです」

先輩に向かって頭を下げた麻奈美は、私に近づくと小さな声で耳打ちする。

「よかったじゃない」

私の態度の変化に気づいたのか、麻奈美は肩をグイグイ小突いてきた。

「な、何がよかったって言いたいのよ……」

ズバリ心を読み取られてしまった私は、口を尖らせそっぽを向いた。

するとタクシーの中からもうひとり、誰かが降りてくるのが目に入る。

「こんばんは。里中さん遠山さん、久しぶり」

「里桜さん！」

まさかの人物登場で、麻奈美とふたり、驚きを隠せない。

「俺も驚いたよ。駅のホームで偶然会ってさ」

「そうだったんですね」

蒼甫先輩の話に頷くと、小走りで里桜さんに近づく。

「新作のウェディングドレス、見てくれた？」

「はい。今回も全部素敵でした。特にオレンジ色のカラードレスは、雅苑のどの会場にもぴったりです！」

「でしょ！　里中さんなら、そう言ってくれると思ってたわ」

　里桜さんの笑顔を見ると、私まで幸せな気持ちになるから不思議。彼女には人を惹きつける魅力がある。それがウェディングドレスにも表れているから、彼女の作るドレスは人気なんだろう。

「こんなところで話もなんだから、もし夕飯がまだなら、食事に行かないか？」

「いいわね。里中さんと遠山さんも、どう？」

　里桜さんにそう問われて、麻奈美に振り返る。

「お誘いはありがたいんですが、先約がありまして」

　そうだよね。

　だったら私も今晩は麻奈美たちと一緒に……そう言おうとして、里桜さんに向き直った。

「里中さんは？」

「あ、はい。私も……」

「椛はなんの予定もない。あるはずがない。だから聞くまでもない」

「は、はぁ⁉　……」

蒼甫先輩の勝手な言いぐさに、言葉を失う。

そんな私を見て麻奈美は笑いを押し殺しているし、里桜さんは「そうなの？」なんて普通に聞いてくるから「あはは」と笑うしかない。

「蒼甫先輩、私の予定を勝手に決めないでください。里桜さんが誤解するじゃないですか！」

「何が勝手なんだ？　それともなんだ、何か予定があるとでも？」

「うぅ、それは……」

麻奈美とのことは約束じゃない。お邪魔虫、そのもの。

でもだからって『あるはずがない』なんて、それはちょっと言いすぎじゃありませんか？

ジロッと蒼甫先輩を睨むと、その倍以上の眼力で睨み返された。

「わかりました。予定なんて何もありません。食事でも地獄でも、どこでもお供いたします」

「わかればいい。って、なんだよ地獄って」

今の私はそんな気分なんです。

蒼甫先輩が帰ってきて、思わぬ人にも会えて嬉しかったのに、蒼甫先輩の言葉で地獄の底に落とされた……。

ちょっと言いすぎかもしれないけれど、優しさの欠片《かけら》もない蒼甫先輩の言葉に傷ついた。それを伝えたかっただけですよ。

ひとりでブツブツ文句を言っていると、麻奈美に身体を小突かれた。

「副社長はあんたのこと、よくわかってるじゃない」

麻奈美はそう言うと「彼が待っているから」と、さっさと帰っていった。

「どこがよ……」

呆れながら麻奈美を見送り、小さくため息をつく。

「どうした、ため息なんかついて」

「どうもしません」

ため息の原因は、蒼甫先輩、あなたです！

そう目で訴えてみても、蒼甫先輩に伝わるはずもなく。スルーされて、ガックリ肩を落とした。

「ところで里中さん、薫さんはどうしてる？」

「え？　薫さんですか？」

そういえば、今日は薫さんの顔を見てないかも……。

里桜さんに聞かれて、そのことに気づく。

「どうせどこかで、油を売ってたんだろ。今頃は家で、のんびりしてるんじゃないか」

「油を売っていたかどうかは知りませんが、きっと家にいるはずです。呼んできましょうか？」

里桜さんからの返事も聞かず歩きだすと、振り出した手を取られた。

「ううん、いいの。時間も時間だし、もう夕ご飯も済んでるんじゃないかしら」

そう言って力なく微笑む里桜さんを見て、普段の彼女らしくないと小首を傾げる。

里桜さんが薫さん相手に、気を遣うなんて……。

悪い意味で言っているわけではない。

いつもの里桜さんならこんな時、『それなら私が呼びに行くわ』と言って誰の静止も聞かず、真っ先に走りだしてしまう。そんな女性だ。そして里桜さんと薫さんの仲は、そういうものなのだと思っていた。

そんな彼女が弱々しく笑ってみせるなんて、きっと何かある。

するとの足は『薫さんを呼びに行け』という脳からの命令を受け、裏の家へと走りだした。

「椛！　どこに行くんだ？」

「薫さんを探してきます。おふたりはそこで少し待っててください！」

おせっかいなのは、百も承知。

一度こうだと思ったら、じっとしていられないのが私の性分《しょうぶん》。

私の勝手な思いかもしれないけれど、里桜さんにはいつも明るく幸せに笑っていてもらいたい。

里桜さんのらしくない笑顔の原因が、もし薫さんだとしたら……。

彼が急に帰国した意味も、自《おの》ずとわかってくるというものだ。そう思うと必然的に走る足が速くなる。

「薫さん！　いますか？」

玄関のドアを思いっきり開けると、薫さんを探し始める。

玄関ホールにある大きな古時計は、夜十一時目前。深夜には違いないが、三十代の大人なら、起きていてもなんら不思議ではない時間だ。

風呂も済ませて、部屋にいる確率が高い――。

一気に階段を駆け上がると、蒼甫先輩の隣にある薫さんの部屋の前に立った。

「薫さん、こんな時間にすみません。まだ起きてますか？」

小さくノックして、小声で呼びかける。

うん？　返事がない？

しばらく待ってみたが、物音ひとつしないということは……。

「部屋にはいないか」

「なになに？　椛ちゃん、こんな時間に来るなんて、もしかして夜這《よば》い？」

「うわあぁぁぁー‼」

突然後ろから羽交《はが》い締《じ》めにされたと思ったら、ギュッと抱きしめられてしまった。

「腰が抜けるかと思った……」

「それは大丈夫。僕が抱きしめてるからね。それとも、ベッドで看病しようか？」

耳朶《じだ》を掠《かす》めるように囁《ささや》かれ、今度は違う意味で腰が抜けそうになる。

「だ、大丈夫です。薫さんがベッドとか言うと、嫌らしく聞こえるのは私だけでしょうか？」

薫さんの腕の中で小さくなっていると、頭上から苦笑にも似た笑いが聞こえてきた。

「椛ちゃん、それは聞き捨てならない言葉だなあ。前にも言ったけど、僕は三十五の紳士だよ？　椛ちゃんの許可なく、いやらしいことするなんてあるわけないでしょ？」

「そうであることを願います。で、この腕は、いつ離してもらえるんでしょうか？」

首を曲げ、薫さんの顔を見上げた。

「その顔は、許可してもらえないってことかな？」

「もちろんです」

「蒼甫のことが好きなの？」

不意に現実的なことを問われて、言葉に詰まる。

「……それ、今関係ありますか？」

「関係ないか。ごめん」

そう答えた薫さんは、私の身体に回していた腕をするりと解いた。

「それはそうと。椛ちゃん、何か用事があったんじゃないの？」

「あっ……」

すっかり忘れていた。こんなところで、油を売っている場合じゃなかった。

薫さんの腕を取り、階段へと向かう。

「ちょ、ちょっと。椛ちゃん、どうしたの？」

「その格好だと、まだお風呂に入ってませんよね？　夕飯は？」

「風呂はまだだし、夕飯は軽く食べただけだけど」

「なら、問題ないですね」

そのまま腕を引っ張り階段を下りると、ポールハンガーにかけたあったコートを薫さんに渡し、急いで玄関を飛び出した。


「お待たせしました！」

蒼甫先輩と里桜さんに向かって、大声で叫ぶ。

ふたりの前まで行こうとしたら薫さんは突然立ち止まり、腕を引かれた私は後ろに倒れそうになってしまった。

「薫さん、危ないじゃないですか？」

「そんなことより。椛ちゃん、これはどういうこと？」

いつもとは明らかに違う声に、薫さんを振り返る。

囁くような小さな声だったから、蒼甫先輩や里桜さんにはきっと聞こえていないだろうが、いつも朗らかな薫さんの私に向ける目が、冷ややかなものへと変わっていた。

「か、薫さん？」

その理由がわからなくて、シュンと首をすくめた。

「薫さん、こんばんは」

「や、やあ。里桜がいるなんて、驚いたよ」

里桜さんに声をかけられると、薫さんの顔は幾分穏やかなものに戻る。

さっきの顔は一体、なんだったの？

不思議に思いながらも、薫さんの雰囲気がもとに戻ったことに、ホッとした。

「こんな時間だけど、飯食いに行こうと思って。兄貴も一緒にどう？」

「そういうことか。それで椛ちゃんが呼びに来たってわけだ」

薫さんは納得と言うように頷くと、私を見て微笑んだ。

「椛ちゃん、わざわざ悪かったね」

「い、いえ。私が勝手にしたことですから」

「何言ってるの。君は僕と一緒に、夕飯が食べたかったんだよね？　どう、違う？」

蒼甫先輩と里桜さんが目の前にいるというのに、薫さんは私の肩にふわりと腕を回してくる。

な、なんなの、この状況！

蒼甫先輩は明らかに怒っているし、里桜さんは私たちから目を逸らした。

「薫さん！　何してるんですか⁉」

「何って、見ての通りだよ。僕は君に、好意を持っている」

薫さんはいつもの通りの涼しい顔で、サラッと愛の告白をする。状況が呑み込めない私は、ただその場でうろたえるばかり。

何がどうしてこんなことになったのか、私の小さな脳はキャパオーバー。

ねえ、薫さんって、里桜さんと付き合ってたんじゃないの？

里桜さんを見れば、うつむいて少し身体が震えているように見える。

「おい、兄貴！　何を言って……」

思いもしなかった薫さんの言動に、蒼甫先輩も声を荒げた。

そんな話をしたことはないが、蒼甫先輩も薫さんの気持ちに気づいているはず。

里桜さんがいるのに、どうして……。

困り果てて動けないでいると、里桜さんがポソッと呟いた。

「今日は失礼するわ」

里桜さんのその言葉と同時に、私の肩に回されていた薫さんの腕も下ろされる。

「桃ちゃん、ごめん。ちょっと用事を思い出したから、僕も帰るね」

こんな時間に用事なんて……。

あるはずがないとわかっていても、引き止めることもできず、それぞれ別の方向に歩いていくふたりの背中を見送るしかなかった。

取り残されてしまった私と蒼甫先輩は、お互い目を合わせると、なんともいえない空気が流れる。

こんな時、どんな顔をするべき？

「な、なんか、よくわからない展開になりましたね」

少し引きつったような作り笑顔で蒼甫先輩に話しかけると、フンッと鼻で笑われた。

「もとはといえば、お前が元凶《げんきょう》だろ」

「元凶……」

何を言うかと思ったら、人を悪の根源扱いするなんて信じられない。

そりゃね、勝手に動いたのは私の早合点かもしれない。そこは私の悪いところだし、素直に反省すべきことだと思う。でもね、だからって、いくら先輩でも〝元凶〟は言いすぎじゃないですか？

面白くない――。

頬を膨らませ憤慨《ふんがい》してみても、蒼甫先輩は素知らぬ顔を決めている。

ごめんのひと言でも言わせないと気が済まない。

息も荒く蒼甫先輩に近づくと、スッと伸びてきた彼の手に自分の左手を取られた。

「飯行くぞ」

「え？　飯って……」

薫さんも里桜さんも帰ってしまったのに、こんな時間からふたりでご飯を食べに行くの？

しかも手を繋ぐなんて、どういうつもりなんだろう。

蒼甫先輩の考えていることがわからなくなって、繋がれている手を見つめた。

「なんだよ。俺とふたりでは、食べに行けないとでも言うつもりか？」

戸惑っている私の顔を、蒼甫先輩が覗き込む。

か、顔が近い……。

至近距離に整った顔が近づき、途端に鼓動が速くなれば、必然的に顔も火照りだす。

「そ、そんなこと、ひと言も、言ってない、じゃ、ないです、か」

きっと赤くなっているであろう顔を見られないように背け、しどろもどろに言葉を紡《つむ》ぐ。

今日は溝口さんのことで頭を使って疲れているというのに、こんなことになってしまうなんて。

ツイてない――。

それなのに自然の摂理《せつり》というものは時と場合を選ぶことなく、私のお腹はさっきからグウグウと鳴りっぱなしだ。

「面白くなさそうな顔をしてるが、まずは腹ごしらえって感じだな」

蒼甫先輩は小バカにしたように笑ってみせると、私の手をグイッと引っ張り歩きだした。

「ちょ、ちょっと先輩。逃げも隠れもしませんから、手を離して……っ」

「うるさい。黙れ」

すぐ、これだ。

何かといえば『うるさい』『黙れ』。

何を怒っているのか知りませんが、ちょっと偉そうではありませんか？

なんて、面と向かって言えたらいいんだけれど……。

黙ったまま私の手を引っ張っていく蒼甫先輩の後ろ姿を見る。文句を言うのを諦めた私は、握られている手にキュッと少しだけ力を込めると、彼と歩幅を合わせた。

タクシーで向かったのは、一軒家の古い洋館。入口らしき扉の前には、『ダイニングバーZEN』と書かれた看板が出ている。

「馴染みの店だ。バーだけど、飯がとにかく美味い」

それだけ言うと蒼甫先輩は、重厚なドアを開け中へと入っていく。私も蒼甫先輩のあとについて店の中へ入ると、異世界にでも迷い込んだような錯覚に陥った。

「何、これ……」

古い洋館の中は、中世の雰囲気が漂う細かい装飾が施された、ゴシック様式の家具で溢れていた。淡い光のランプも古いものだろう。味わいのある渋い輝きを放っている。

「椛、さっさと来いよ」

蒼甫先輩に呼ばれ、店の奥にゆっくり足を踏み入れる。

「先輩、素敵なお店ですね」

キョロキョロしながら蒼甫先輩の隣に座り、興奮ぎみだった気持ちを落ち着かせていると、カウンターの奥から品のよさそうな紳士が現れた。年の頃は六十歳を過ぎているだろうか、口髭を蓄えた素敵な男性だ。

「やあ、蒼甫。一ヵ月ぶりか？　忙しそうだな」

「マスター、おかげさまで。毎日、こき使われてますよ」

気心の知れた仲なのか、こき使われてるなんて言いながらも、蒼甫先輩は穏やかな表情を見せている。

いつもよりも砕けた話し方に、マスターは男性なのに嫉妬してしまいそうだ。

「そりゃ、結構なことじゃないか。で、こちらの女性は、紹介してくれないのか？」

マスターはそう言うと、私のほうを向き、柔らかい笑顔を向けてくれた。

「あ、すみません。挨拶が遅れました。里中　椛と申します。雅苑でブライダルＭＣをしています」

「椛は学生の時の後輩で、今は部下」

後輩で部下……。

それ以上でも以下でもない――そう言われたようで、心がチクリと痛む。

そうだよね。私と蒼甫先輩の関係は、何も変わっていない。変わったのは、私の蒼甫先輩への気持ちだけ。

そのことをバンッと突きつけられて、ガックリと肩を落とす。

一方通行の恋というものは、意外としんどい。

それでもせっかくこんな素敵なバーに連れてきてもらったんだから、暗い顔をしてるのは申し訳ない。蒼甫先輩は『飯がとにかく美味い』と言っていたし、まずは腹ごしらえだ。

腹が減っては戦はできぬ――じゃないけれど、お腹が減っていては頭の回転も鈍るというもの。

「椛、何飲む？」

明日はMCの仕事が入っているから、お酒は強いほうだが、今日は一杯だけと決めていた。

「私はモヒートで」

「じゃあ俺は、ジントニック。あと、こいつ腹減ってるから、マスターのお任せで美味いの食わせてやって」

「了解」

マスターは慣れた手つきでカクテルを作ると、カウンターの奥へと消えていった。

「まずは、お疲れ」

蒼甫先輩が差し出したカクテルグラスに、大きな音をたてないように自分のグラスを傾けた。

「お疲れさまです」

モヒートをひと口飲めば、ミントとライムの爽やかさが、喉と心をスッキリさせてくれる。

それにしても、雅苑から車で十分とかからないところに、こんな店があったなんて。

棚には古そうな洋書がびっしりと並べられ、ところどころに動物をモチーフにした彫刻やアンティークな水差し、テーブルクロックなどが置かれている。床には額縁がいくつも重ねて立てかけてあって、一見雑然としているのになぜか落ち着くのは、それらが深みのある色で統一されているのと、温かみのある色のランプに照らされているからだろう。

「薫さんと里桜さんも、来ればよかったのに」

お酒が入ったからか、本音がポロッと漏れる。

「まあな。でもお前、兄貴に肩抱かれて、まんざらでもない顔してなかったか？」

「はぁい？」

見当違いのことを言われて、思わずおかしな声が出てしまう。

「告白までされてるし。どうするつもりだよ」

この人は一体、何を言っているの？　どうするもこうするも、あれは薫さんからの一方的なもので、あの時の私に何をしろと言うの？

唖然として蒼甫先輩を見ていても、何に怒っているのかジントニックを飲んで呆れたようにため息なんかついている。

なんで蒼甫先輩がため息ついてるのかさっぱりわからない。ため息をつきたいのは、私のほうなんですけど……。

せっかくの気分を台無しにされて、手にしていたモヒートを一気に飲み干す。

「おい、ロングカクテルを一気に飲むなよ」

「私がどう飲もうと、蒼甫先輩には関係ありません」

「関係ないって、お前誰に向かって言ってるんだ？」

「はぁ⁉ ここに蒼甫先輩以外、誰がいるっていうんですか？」

お互い、口が止まらない。

あまりに身のない小競《ぜ》り合いを続けていると、カウンターの奥からマスターが出てきた。

「おいおい、何、痴話喧嘩《ちわげんか》してるんだよ」

「痴話喧嘩なんかしてないですよ。こいつが一方的に、突っかかってきてるだけで」

「先輩、何言ってるんですか？　一方的に突っかかってきてるのは、先輩のほうじゃないですか！」

飲み足りない私は、マスターにもう一杯モヒートをお願いした。

「まあまあ椛さんも、ちょっと落ち着いて。これでも食べて、気持ちを静めて」

そう言ってマスターがカウンターテーブルに置いたのは、ワンプレートに盛られたジャンバラヤとカラフルなサラダ。その横にはハーブの香るチキンソテーが添えられている。

「なんですか、これ！　もう見た目だけで美味しそうなんですけど！」

「現金なヤツ」

蒼甫先輩がそうポツリと呟いた声が聞こえたが、もうそんなことにはかまっていられないぐらい美味しそうだ。

スプーンでそれを掬《すく》い、大きな口を開けひと口で頬張れば、スパイスの香りが口いっぱいに広がった。

「どうだ、美味いだろ？」

「はい、最高です。肉や野菜の旨みが米ひと粒ひと粒に染み込んでて、もう止まりません！」

私の言葉を聞いて、蒼甫先輩は満足そうに頷いた。

作ったのはマスターなのにそんな顔するなんて、先輩って面白い。

クスッと笑いながら顔を上げるとマスターと目が合い、変なところを見られたと慌てて顔を真顔に戻す。

でも遅かったみたいで……。

「可愛いねぇ。椛さんって、いくつ？」

「……二十九です。思ったより、結構いってるでしょ？」

自虐《じぎゃく》ネタをぶっ込み、苦笑してみせた。

「まあ確かに年齢より若く見えるけど、可愛いから許す！」

「ありがとうございます」

何を許されたのかわからないけれど、マスターにお礼を言うと、蒼甫先輩に頭をゴツンと小突かれた。

「いったぁ……」

叩くことないじゃない！と、文句言いたげに睨んでみる。

でも蒼甫先輩は、私の睨みをスルー。

「マスター。椛はすぐ調子に乗るから、いい加減なことは言わないほうがいい」

「なんですか、それ？　人をバカみたいに言わないでください」

調子に乗る？　誰が？　いつ？　どこで？

言いたいことは山ほどあるが、それをグッとこらえる。

「そうだぞ、蒼甫。俺はいい加減なことなんて、ひと言も言ってない。本心を述べたまでだ」

マスター、ナイスフォロー！

しかも〝本心〟を言っただなんて、なんていい人なんだろう。

それに比べて、この先輩は……。

どうだと言わんばかりに蒼甫先輩のほうを見て胸を張ってみせると、「本気にするな」とたしなめられてしまった。

「変なこと考えてないで、さっさと食え」

「へ、変なことって、なんですか？」

心の中を見透かされているようで、全くもって面白くない。

それでも食欲には勝てなくて、ジャンバラヤを口いっぱいに詰め込みながら、蒼甫先輩に何やら話しかけるマスターの声に耳を傾けた。

「それにしても蒼甫……」

マスターはそこで一度言葉を切り、私のことをチラッと見る。

ん？　今のは何？

不思議に思っていると、蒼甫先輩へと目線を戻したマスターが、興味深そうに話しだす。

「ここは誰にも知られたくないとか言っていたお前が、女性を連れてくるなんて、どういう風の吹き回しだ？」

そう言ってニヤリと笑ってみせるマスターとは対象的に、蒼甫先輩は苦虫を噛み潰したような顔をしている。

「そ、そうなんですか!?」

マスターその話、聞き捨てならないんですけど！

私にだってお気に入りの店のひとつやふたつはある。特に気持ちを落ち着けたい時やひとりになりたい時に行く店は、実は麻奈美にも教えてなかったりする。

でも、そんな店にもし誰かを連れていきたいと思う日が来るとすれば、それはきっと本当に好きな人ができた時――だと思う。

だとしたら、蒼甫先輩はもしかして……。

自分勝手な思いが、都合のいいほうへと流されて、どんどん気持ちが舞い上がっていく。

二杯目のモヒートをグイッと飲み、グラスの中の氷がカランと音を鳴らしたのと同時に、それまで黙っていた蒼甫先輩がポツリと語りだした。

「……深い意味はない。お前だから、椛だから連れてきた。ただそれだけだ」

「へぇ、そういうことか」

蒼甫先輩の言葉の意味を理解したのか、マスターは納得したように頷く。

「え、えっと。それって……」

どう捉えたらいいの？　私が後輩だから？　それとも……。

蒼甫先輩のハッキリしない態度に、モヤモヤが募っていく。

これじゃあ、生殺しだ。

グラスを持ったまま蒼甫先輩を見つめていると、そんな私を見てマスターが助け舟を出してくれた。

「蒼甫ってさ、職場のスタッフを大切にするし、連れや後輩の面倒見はいいけど、自分のことは二の次なんだよね。特に女性に関しては、な？」

「マ、マスター！　何を言って……っ」

慌てて席を立った蒼甫先輩は、そう言いながらクルッと背中を見せると、低い声で「トイレ」と言ってその場から離れた。

「ちょっと喋りすぎたか。悪いことをしたな、ははは」

なんてマスターは言っているが、その顔は少しも悪びれた様子もなく、今でも面白そうに笑っている。

見た目は人のよさそうなオジサマだけど、この人かなり腹黒かも。敵に回さないほうがよさそうだ。

口の中に入っていたジャンバラヤをゴクリと飲み込み、モヒートで流し込む。

「マスターと蒼甫先輩、付き合いは長いんですか？」

蒼甫先輩がいない時間を埋めたくて、ありきたりな質問をしてみる。

「もう十年になるか。初めてここに来た時はまだ学生だったが、もう今の蒼甫が出来上がっていたな」

懐かしそうに話すマスターを見て、私も頷いた。

それは私も、よく知っている。

自分の未来を見据えていた蒼甫先輩は、学生の頃から何事にも熱心で、今と少しも変わっていない。

そして、私と蒼甫先輩の関係も――。

最後のひと口を食べようとしていた手が止まり、スプーンをプレートに戻す。

「どうした？　もう食べないのか？」

いつの間に戻ってきていたのか、声がしたほうを振り返ると、いつもの飄々《ひょうひょう》とした顔の蒼甫先輩が立っている。

「た、食べますよ。こんな美味しいもの、残すはずないじゃありませんか」

しんみりしていたのを悟られないよう慌ててスプーンを持ち直し、残っていたジャンバラヤをかっ込んだ。

「そんなに急がなくてもいいのに。でも、そろそろ帰るか？　明日、MCの仕事入ってるだろ？」

直近の挙式披露宴の予定やMC担当は全部、蒼甫先輩の頭の中に入っている。

そんな、人一倍努力家の先輩だからこそ、好きになったのかもしれない。

それに比べて私ときたら……。

ダメダメな自分にため息をつき、席を立った蒼甫先輩のあとに続く。

「マスター、ごちそうさま。代金、ここに置いとく」

店の奥にいるお客さんと話していたマスターに声をかけると、蒼甫先輩は軽く手を上げる。

「おう蒼甫、また来いよ。椛さんも」

「はい、ありがとうございます。ごちそうさまでした」

ペコリとお辞儀をし、蒼甫先輩と一緒に店を出た。

恋は仕勝ち？

「やっぱ、夜はかなり冷えるな」

十二月に入って数日。コートだけでは、寒さを感じる。

「タクシー、拾わないとですね」

大通りへ駆けだそうとした、その時——。

ヒールがアスファルトの溝に引っかかり、つまずきそうになった私の腕を蒼甫先輩がつかむ。

「あ、ありがとうございます」

派手に転ぶのを免《まぬか》れホッとしていると、つかまれている腕を引かれ、温かいものにすっぽりと包まれる。

「椛、酔ってるのか?」

甘い囁きとともに熱い吐息が耳朶を掠めれば、蒼甫先輩に抱きしめられているのだと気づいた。

顔を上げると蒼甫先輩の熱い眼差《まなざ》しとぶつかり、胸がキュンと甘く疼く。

「モ、モヒート二杯くらいで酔いません。酔ってるのは、先輩のほうじゃないですか？」

蒼甫先輩に甘い瞳で見つめられると、どんどんと思考能力が鈍っていく。

こんなふうに、男の人に抱きしめられるのは初めてじゃない。それなのに、こんなにも胸が騒がしくなるなんて。

私、本当に、蒼甫先輩のことが大好きなんだ――。

心が痛い。

私の気持ちは蒼甫先輩だけにまっすぐ向いているというのに、彼の気持ちが全然わからない。

「どうして、こんなこと、するんですか？」

悲しいやら腹立たしいやら、目頭が熱くなって涙が溢れそうになってくる。

酔ってるから――なんて言われたら、きっとしばらく立ち直れない。

だから蒼甫先輩、お願い。私のことを好きだと言って……。

なんて。

私の中にこんな勝手な自分がいたなんて、思ってもみなかった。

自分自身に呆れてしまって、もう笑うしかない。

「なんかひとりで勝手なこと考えてるところ、申し訳ないけど」

フッと笑った蒼甫先輩が私に顔を近づけると、無防備になっていた唇が重なる。それはほんの一瞬で離れ、蒼甫先輩の至極真面目な顔が私を見つめていた。

「先輩……」

「好きだ」

綺麗な形をした唇がゆっくり動くのを、ぼんやりと眺める。

蒼甫先輩、今、『好きだ』って言った？

ここ何分間の流れで考えれば、この〝好き〟は愛の告白なんだろうけれど。

まさかね。

「……何が好きなんですか？」

素《す》っ頓狂《とんきょう》な質問をしてしまったのか、蒼甫先輩が呆れたように天を仰いだ。

「この状態で、よくその質問ができるな。椛のその思考回路は理解不能だ」

そんなこと蒼甫先輩に言われなくたって、よくわかっている。自分がおかしなことを言ってるって。

いい歳してって笑われるかもしれないけれど、いい歳になってしまったからこそ不安がつきまとい、悪いほうにばかり考えてしまう。

でも今日は――。

蒼甫先輩のこと、信用してもいい？

力なくぶらりと下げていた両腕を上げると、ゆるりと蒼甫先輩の身体に巻きつけた。

「先輩が言った好きっていうのは、私のことで間違ってないでしょうか？」

心臓が、バクバクと音をたてている。

「ああ、間違ってない。ずっと椛のことが好きだった」

私を抱きしめている蒼甫先輩の腕に力が込められると、苦しいくらい密着度が高まった。

もう寒さなど、少しも感じない。

蒼甫先輩の穏やかな鼓動を感じながら、ゆっくりと顔を上げた。

「ずっと、ですか？」

蒼甫先輩と出会ってから、もう十年近く。その間、蒼甫先輩にも彼女がいたこともあってか、そんなこと感じたことがなかった。

学生の頃も職場でも、いつも上からものを言う態度は変わらなくて。なぜか私だけには厳しいから鬱陶《うっとう》しいと思うこともしばしばで、恋とか愛とかそういうたぐいのものは微塵《みじん》も考えたことはない。

最近になって私は自分の気持ちに気づいたけれど、蒼甫先輩もずっと私のことが好きだったなんて……。

「先輩、嘘ついてません？」

脳裏に浮かんだ言葉が、そのまま口から出てしまう。

「はあ？　嘘って、お前なぁ。三十にもなった男が、そんなことで嘘つくと思うか？　それにだ、俺はいい加減なキスはしない」

自信満々にそう言い放つ蒼甫先輩を見て、私の眉がピクリと動く。

「いい加減なキスはしない？　じゃあ聞きますけど、この前の不意打ちのキスはなんだったんですか？」

「ああ、あれか……」

抱きしめていた腕を緩め、身体を離した蒼甫先輩が、私の手を引き歩きだす。

「帰りは歩きでいいか？」

「え？　あ……はい」

雅苑までそれほど距離はない。だから歩くのは全然かまわないんだけど……。

キスのくだりはスルーですか？

蒼甫先輩が一緒だったからか、モヒート二杯で珍しく酔っているのかもしれない。

少しふらつく足で、蒼甫先輩に引っ張られるようについていく。

「せ、先輩……」

「なあ、椛」

もう少しゆっくり歩いてとお願いしようとしたのに、それを蒼甫先輩が遮る。

「うるさい口を黙らせるだけのためにキスするヤツが、この世の中にいると思うか？」

蒼甫先輩の言葉の意味が理解できない。

何を今さら――。

だってその〝うるさい口を黙らせるキス〟をしたのは、蒼甫先輩、あなたじゃないですか？

そう喉まで出かけて、それをやめた。

蒼甫先輩に何を言ったって、これっぽっちも勝てる気がしない。どうせうまく丸め込まれるのが、オチに決まっている。

「さあ、どうなんでしょう」

こういう時は、とぼけるに限る。特に蒼甫先輩みたいな人には、理屈を言っても仕方がないことは学習済みだ。

歩くスピードが自然に少し落ちたことにホッとしながら、蒼甫先輩の次の言葉を待っていると、驚くような言葉を吐く。

「いるわけないだろ。お前はバカなのか？」

「バ、カ……」

どうして私がバカ呼ばわりされてるのか、さっぱりわからない。

「長いこと椛に告白するタイミングを逃してたからな。今がチャンスだと思ったんだよ。それなのにお前は俺のこと突き飛ばすし、失敗したかって結構焦ったんだからな」

「は、はぁ……」

何かとてつもないことを言われているのに、バカと言われたあとでは頭がうまく回らない。

呆《ほう》けている私の手を離し、その手を腰に回すと、蒼甫先輩は一度顔を見てニヤリと笑ってから身体をギュッと引き寄せた。

どうやら私は、彼に遊ばれているらしい。

「椛は？」

「はい？」

「椛は俺のこと、どう思ってる？」

そう聞く顔はなぜか自信ありげで。楽しそうにも見えてしまうから、こっちとしては面白くない。

「知ってるくせに……」

思わず憎まれ口が漏れて、蒼甫先輩に笑われてしまった。

「ああ、知ってる。知ってるけど、桃の口から聞きたい」

それは蒼甫先輩から初めて聞く、甘くねだるような言葉。

そんなふうに言われたら、照れくさくても言うしかないじゃない……。

何かに負けたような気がして腑に落ちないが、渋々口を開く。

「……好き、です」

自分でも驚くくらいの小さな声に、恥ずかしさで顔を上げられない。

「声ちっさ。なんだよ、いつもの元気はどうした？」

蒼甫先輩はそう言って楽しそうだけど、こっちはいろんなことがありすぎて、元気な返事なんてできないんです！

それくらい察してよと思うのに、蒼甫先輩は満足げに笑いながらもう一度手を繋ぎ歩きだすから、怒るに怒れないというか……。

「もう、わかった。わかりました。好きです。蒼甫先輩のことが大好きです！」

言ってしまった——。

でもなんだか、心の中はスッキリ。

まさか今日、蒼甫先輩と気持ちが通じ合うなんて考えもしてなかったから、かなりおかしな反応をしてしまったけれど。こんなにも心躍ることは初めてで。嬉しいのに、泣きたくないのに、涙が溢れてきた。

「あ、あれ？　なんでかなぁ……」

繋がれていないほうの手で、顔を隠すようにその涙を拭《ぬぐ》う。

「何、どうした？」

変化に気づいた蒼甫先輩が足を止めて振り向くと、大きな手が頬に触れて、そのまま私の顔を上げた。

泣き顔を見られた上に、頬を触れられていてひどく恥ずかしいのに、彼の目にとらわれて身動きができなくなってしまう。

「それって嬉し涙？」

優しい笑顔で目にたまった涙を掬う仕草に、いつもの少し高圧的な蒼甫先輩は微塵も感じない。だからなのか照れくささが勝ってしまい、瞳が曖昧《あいまい》に揺らいでしまう。

「ど、どうなんでしょうね」

そう言って「あはは……」とごまかすように笑ってみせても、蒼甫先輩には何もかもお見通しのようだ。

「嬉しいなら嬉しいって、素直に言えばいいのに。椛はこんな時まで頑固だよなぁ。

まあそこがいいところっていうか、可愛いんだけど」

ポンッと頭を一度撫でると、また手が繋がれた。

「か、可愛い……」

そんなこと、初めて言われた。

どちらかといえば勝ち気な性格で、自分で言うのもあれだけど、〝綺麗〟と言われることはあっても〝可愛い〟なんて、覚えている限りないような気がする。

惚れた欲目と聞いたことがあるが、こういうことを言うんだろうかと、ひとりで納得してみたりして。

でも、嬉しい――。

フフッと笑みを漏らすと、私の手を引いて少し前を歩いている蒼甫先輩の背中を見つめた。

蒼甫先輩と付き合うことになるなんて、数時間前の私は想像すらしていなかった。

嫌われてはいないだろうけど、まさか私のことをずっと好きだったなんて……。

嬉しすぎる――。

少し前まで複雑な気持ちで涙を流していたというのに、じわりじわりと実感が湧《わ》き始め、幸せな気持ちに顔がニヤけてしまう。

初恋でもなかろうに、何を舞い上がってるのよ！　少し落ち着いたらどう？

自分で自分に言い聞かせても、一度上がってしまった熱は下がることを知らない。

しかも蒼甫先輩が、耳元に顔を寄せてサラッと、「さっさと帰るぞ。椛にもっと触れたい」なんて言うから、鼓動の高まりはすぐにピークを迎えてしまう。

「な、な……」

なんて破廉恥《はれんち》なことを……と言いたいのに、甘いしびれが身体中に走って、うまく口が回らない。

そんなストレートな言葉を蒼甫先輩が言うなんて……驚きだ。

この調子で進むと、家まではあと少し。

蒼甫先輩と、そうなりたいような、まだ早いような……。

初体験を目前にした乙女さながらに、不思議な気持ちに包まれながら、蒼甫先輩と歩調を合わせた。

「いない、ですね」

「そうみたいだな」

矢嶌邸につくと玄関は施錠《せじょう》されたままで、家中どこを探してもいないようだ。用事があると薫さんは言っていたけれど、あれは本当だったのかなと首を傾げる。

「私、薫さんに悪いことしたのかもしれませんね」

リビングのソファーに座った蒼甫先輩の隣に、私も腰を下ろす。

薫さんと里桜さん。顔を合わせた時の反応を見れば、あのふたりの間に何かあったことは間違いない。

それなのに私ときたら、何も知らなかったとはいえ余計なことをして……。

自己嫌悪に陥っていると、それに気づいた蒼甫先輩が私の肩をふわっと抱いた。

「そんなに気にするな。兄貴も子供じゃないんだし、思うことがあってひとりでいるんだろう。それに……」

「ん？」

変なところで蒼甫先輩が話を止めるから、何かと思って顔を上げる。と同時に先輩が顔を近づけ、耳元で囁いた。

「兄貴がいないほうが、こっちは都合がいい」

蒼甫先輩の甘い口調に、その先の言葉が安易に想像できてしまう。

身体中の血液が顔に集まってきたような錯覚に、熱くて仕方ない。

そのままゆるりと抱きしめられ、背中を手のひらで撫でられると、身体も一気に熱を帯びる。

こめかみにチュッと音をたててキスされ、唇が首筋へと移動していく。目を伏せその仕草にされるがままになっていると、蒼甫先輩が笑った……ような。

ふと現実に戻されて閉じていた目を開ける。すぐに私を見つめていた蒼甫先輩と目が合い、その距離に「あっ」と声をあげてしまう。

「どうした？　いつもなら俺が何か言うと噛みついてくるのに、今日は素直な反応で、このままだと止められなくなりそう」

「そ、そんな、人のことを、猛獣みたいに言わないでください」

ちょっと前までの蒼甫先輩はなぜか私には優しくなかったから、何か言われるたびに、確かに噛みついていたけれど。

好きな人のことは、なんだって好き――。

今はもう状況が違う。

ふたりをまとう空気は、甘いものになってしまっている。

このまま蒼甫先輩に抱かれてもいいかな……。

ぽわんとなった頭でそんなことを思っていると、その片隅にニヤリと笑った薫さんの顔がよぎった。

「ダ、ダメですっ！」

咄嗟《とっさ》にそう叫び、蒼甫先輩の身体を両腕で押し、距離を取る。

「急にダメって、なんだよ。今さらだろ？」

面白くなさそうな顔をした蒼甫先輩が、唇を尖らせた。

「だから、その、あれですよ、あれ……」

内容が内容だけにどう説明したらいいのか、しどろもどろになってしまう。

「あれ？　あれって何？」

この流れで〝あれ〟といえば、〝あれ〟に決まってるでしょ！　わかってて言ってるなら、タチが悪いっていうもんだ。

それでも、このままでは埒があかないと腹をくくる。

「だから〝あれ〟の最中に薫さんが帰ってきたら、マズいと思うんですけど」

「ああ、それなら大丈夫。俺の部屋、鍵がかかるから」

そういう問題だろうか。

「何。椛って、声が大きいとか？」

とぼけた顔をして私の顔を覗き込む蒼甫先輩に、呆れてしまう。

「そういう恥ずかしいこと、口に出して言わないで!」

顔からボッと火が出て、恥ずかしさから蒼甫先輩に背を向けた。

声が大きいとか、女性に向かって言う言葉?

そりゃね。あながち間違いとは言えないけれど、ムニャムニャをする前にそんなこと言われたら、気になってしまって集中できないじゃない。

ひとり頭の中であーでもないこーでもないとやっていると、そんな私を見ていた蒼甫先輩が盛大に笑いだした。

「ははははっ! 椛、面白すぎ。冗談だよ、冗談。まあ今日のところは我慢してやる。でも次は……いいな?」

そう言って私の頭を撫でて見つめる視線は妖艶《ようえん》で、身体に甘いしびれが走る。

「さてと。俺、風呂入るわ。あ、椛も一緒に入る?」

なんて言葉をサラリと言ってのけるから、開いた口が塞がらない。

「……お風呂……一緒に……」

蒼甫先輩は同じ言葉を繰り返してボーッとしている私の頬に唇を這《は》わすと、満足げな笑みを残し、廊下の奥へと消えていった。彼の姿が見えなくなった途端に身体の力が抜け、ペタンと床に座り込む。

「もう、なんなのよぉ～」

恋愛経験は少ないけれど、二十九歳にもなった女が、からかわれて腰砕けになってしまうなんて。

「破壊力抜群……」

蒼甫先輩が、まさかあんな甘い言葉を囁くことができる人だったとは……。

十年近くもそばにいたのに、全く気づかなかった。


「ブォオオ……」

私は今、脱衣所の大きな鏡の前で、濡れた髪を乾《かわ》かしている。

腰砕けになったあと、ふわふわ状態になってしまった私の記憶は曖昧で、ここで髪を乾かしていることすらいまいち実感がない。

鏡に映る自分の顔はスッピンだからか、はたまた生まれつきなのか、締りのない顔をしている。

「子供じゃないんだから、しっかりしなさい」

自分で自分に活を入れてみたが、両想いになった蒼甫先輩と、ひとつ屋根の下にいると思うだけで、どうにも落ち着かない。

こんな気持ちになるの初めてだ――。

恋愛をするのは初めてじゃない。といっても付き合ったのはひとりだけだから、偉そうなことは言えないけれど。

心の、本当の気持ちの蓋を開けてみたらこの有り様で。

今まで誰かと本当の恋に落ちなかったのは、心のどこかに蒼甫先輩がいたからかもしれない……とまで思ってしまう。

「これでよし」

髪を乾かし終えルームウェアを着て、脱衣所を出る。そのままダイニングルームに向かい、冷蔵庫からミネラルウォーターのペットボトルを取り出した。それを飲みながら部屋に戻るために階段を上がっていくと、部屋のドアにもたれかかる蒼甫先輩が目に入った。

「蒼甫先輩、まだ寝てなかったんですか？」

時計を見れば丑《うし》三《み》つ時《どき》を指している。至って普通の質問だ。

何も間違ったことは言ってないのに、蒼甫先輩は少し怒ったような顔を見せた。

「言ってる意味がわからん。お前は俺に、ひとりで寝ろっていうのか？」

「え？　だって、寝るのは普通ひとりじゃないですか？」

目の前にいるこの人は、一体何を言っているのだろう。

当たり前のことを言っただけなのに、呆れ顔で私を見る蒼甫先輩に小首を傾げる。

「もう、ひとりじゃないだろう。恋人が同じ家で暮らしてるのに、別々で寝るほうが不自然じゃないか？」

「別々で寝るほうが不自然……ということは？」

「椛は今日から、俺の部屋で一緒に寝る」

「ええ!?」

その発言に驚き、ニッコリと微笑んでいる蒼甫先輩を見つめる。そんな私の手を優しく握るとスタスタと歩きだし、有無も言わさず蒼甫先輩の部屋へと入れられてしまった。

カチャッ——。

蒼甫先輩が後ろ手に鍵をかけた音が聞こえ、彼の部屋でふたりっきりになったことにゴクリと生唾《つば》を飲む。

いや、今この家には私と蒼甫先輩しかいないから、もともとふたりっきりか。

なんて悠長《ゆうちょう》に考えていると、蒼甫先輩が私の腰に腕を回し入れ、いとも簡単に抱き上げてしまう。

「いや、下ろして」

「夜中だぞ。うるさい、黙れ」

今日二回目の『うるさい、黙れ』だ。夜中っていったって、私と蒼甫先輩以外、誰も いないじゃない。

黙って、唇を尖らせる。

でも数時間前に言われたものより柔らかで甘く聞こえるのは、好きの気持ちが重なって身体が密着しているせいか。

そのままおとなしく抱かれていると、大きなベッドの上にポフッと下ろされた。

「きょ、今日のところは我慢するって……」

だから心の準備ができてません！

目で訴えてみたけれど、どうも相手にされていない様子で。蒼甫先輩は自分も素早

くベッドに上がり、後ろから近づいてすっぽりと私を抱きくるんだ。

「何もしない。今晩はな」

温かな息を首筋に感じ、その温もりが全身へと広がっていく。

「こ、怖かったぁ……」

自分でも気づかないうちに緊張していたのか、乙女のような言葉が口をついて出る。

「なんだよ、怖かったって。俺は紳士だぞ。まさかケダモノだとか思ってたんじゃないだろうな」

今の私には似たようなものだ……と言うのは控えておこう。

「何もしないとはいっても、これでは寝られないと思いますけど」

私の話を聞いていないのか、足も絡められて、これでは身動きひとつできない。抱き枕状態だ。でも蒼甫先輩は寝る体勢に入ったのか身体をもそもそ動かすと、私にピタリとくっついた。

「そうか？　俺はぐっすり眠れそうだ。椛も明日は忙しいんだし、早く寝ろよ。おやすみ」

「え？　あ、はい。おやすみなさい」

反射的にそう言ったものの、果たしてこの状態で私は寝ることができるんだろうか。

背中に感じる蒼甫先輩の鼓動が、規則正しく動いているのがわかる。そのうちスースーと、小さな寝息が聞こえてきた。

「もう寝たんだ」

そういえば、神戸に行っていたんだっけ。帰りも遅かったし、疲れていたんだろう。

胸の前に回されている蒼甫先輩の腕に、そっと触れてみる。優しく守られているようで、身体の中心から幸せが込み上げてくる。

今日は本当に、いろんなことがありすぎて疲れた。でもこうやって蒼甫先輩に身を任せていると、安心感からか眠気がやってきた。

蒼甫先輩、おやすみなさい――。

もう一度、心の中でそう呟くと、ゆっくりと目を閉じた。


「椛、起きろ。いつまで寝てる気だ」

身体をゆっさゆっさと揺さぶられ、薄っすら目を開ける。

「んん〜、今何時？」

「八時を回ったところ。いくら同じ敷地内に職場があるったって、そろそろ起きたほうがいいんじゃないか？」

カーテンを開けられると日差しが差し込み、眩しさに掛け布団を引っ張り上げる。

「はぁ……椛」

呆れたようなため息に、椛と呼ぶ声。

そこで今自分が置かれている状況に気づき、慌てて飛び起きた。

「そ、蒼甫先輩！　おはようございます。すみません、母に起こされたと思って、ついタメ口を……」

「母って、お前なぁ。さっさと起きて下に来いよ」

ベッドの上に膝立ちで上がった蒼甫先輩は、私の頭の後ろに手を回すと、引き寄せて甘いキスを落とす。重なった唇からは、ほんのりコーヒーの香りがした。

ヤバい。幸せすぎる……。

寝起きの優しいキスの余韻《よいん》に浸《ひた》りながら、蒼甫先輩が出ていったドアをしばらく見つめていた。

「……おはよう、ございます」

ダイニングを覗き込み、もう一度朝の挨拶をする。

「ああ、おはよう。朝食作っておいたから、さっさと座れ。今日は特別だ、ありがたく食えよ」

「ありがとうございます」

いつもの偉そうな蒼甫先輩に戻っている。

まあ昨晩も『うるさい、黙れ』と相変わらずだったか……と、気づかれないように小さく息を吐いた。

「今日は何時に出勤だ？」

席についた私の前に焼きたてのトーストを置き、蒼甫先輩も目の前に座る。

トーストにオムレツ、野菜サラダとコンソメスープ。

冷蔵庫の中には千夜さんが作り置きしてくれている惣菜が入っていて、いつも朝食は和食と決まっていた。それなのに今朝は洋食なんて、珍しいけどすごく美味しそう。

テーブルの上に広がっている光景に、目を奪われる。

「おーい椛、聞いてるかー？」

名前を呼ばれ我に返り、それをごまかすようにコホンと咳払いしてみせた。

「聞いてますよ。今日のひとつ目の挙式は午後一時スタートなので、遅くても午前十一時までには入ろうと思ってます」

少し早口でそう言うと、「いただきます」と目の前にあるオムレツに手をつけた。

「美味しい。蒼甫先輩、レストラン開けるんじゃないですか？」

お世辞ではない。

黄色が綺麗なオムレツは、きめ細かくぷるんと艶《つや》やか。口の中に入れればふわふわで、あっという間に溶けて消えてしまう。バターの香りも芳醇《ほうじゅん》で、塩加減も抜群。

「椛、褒めすぎ。プロのシェフに怒られるぞ」

「そうですかねぇ」

プロのシェフにも負けてないと思うけど……。

トーストをかじり、キョロキョロ周りを見渡す。

「薫さんは……」

「帰ってこなかったみたいだな。今日は経営会議もあるし、そこには顔を出すだろ」

「そうですか」

昨晩のことを思い出し目線を落とすと、スープを飲もうとしていた手が止まる。

「薫さんと里桜さん、どうしたんでしょうね」

「どうした、というのは?」

蒼甫先輩はいきなり副社長モードに入ったのか口調が変わり、少し厳しい目を私に向けた。

「私はあのふたりを見ていて、いいお付き合いをしていると思っていました。それは私の勝手な思い込みだったんでしょうか?」

目線を上げ、蒼甫先輩を見つめる。

「さあな。まあ俺も兄貴から直接聞いていたわけではないが、少なからずそう思ってた。仕事のことが絡んで悪いが、里桜さんはうちにはなくてはならない存在だし、ことが大きくならないといいけどな」

それだけ言うと蒼甫先輩は、朝食を黙々と食べだした。

蒼甫先輩が言う通り、里桜さんは雅苑にとって大切な人。

彼女のブランド『チェリーブロッサム』のウェディングドレス目当てで、うちで結婚式を挙げる新郎新婦も少なくない。

だから友人の薫さんがブライダル衣装などを扱う『MIYABI』の社長になり、拠点もアメリカにしたと思っていた。

今回アメリカから帰ってきたのも仕事のためだと思っていたけど、そうじゃなかったっていうこと？

男女の仲に口出しするつもりはないけれど、心の中にモヤモヤしたものが残る。

「薫さん、心配ですね」

昨日のことや仕事のこともあるし、何より薫さんは蒼甫先輩のお兄さんだ。心配になるのは当然で、普通のことだと思っているのに、新聞を開いた蒼甫先輩は大きく息を吐いた。

「何？　そんなに兄貴のことが気になる？」

新聞を読みながらコーヒーを飲んでいる蒼甫先輩は、こちらを見ることなくボソッと言い放つ。

「気になりますよ。だって薫さんは——」

「言い寄られてたもんな」

　話を切られて言われたのは、思いもしていなかった言葉で……。

「それって、どういう意味ですか？」

「ん？　そのままの意味だけど」

「先輩、私に喧嘩売ってます？」

「別に」

　飲み干したコーヒーカップをガチャリとソーサーに戻し、新聞をたたんだ蒼甫先輩がチラッと私を見る。

　呆れた——。

　これが、大の大人がする態度？

　ヤキモチなのかなんだか知らないけれど、三十にもなった大人がすることじゃないし、拗《す》ねたように唇を尖らせるのは子供としか言いようがない。

「そうですか、わかりました」

　残っていたサラダをひと口で食べ、「ごちそうさま」と席を立つ。食べ終わった皿やカップをシンクへ置くと、勢いよく水を出した。

昨日蒼甫先輩に告白され、私も好きだと伝えた。気持ちが通じ合ったばかりなのに、翌日の朝からこんな気持ちになるなんて……。

蒼甫先輩のバカ――。

蛇口からザーザーと水が流れているのも気にせず、シンクの縁に手をつき、目を閉じて下を向く。

なんだかなぁ……。

普段の私ならサラッと流せることでも、蒼甫先輩相手だとうまくいかない。先輩のことが本当に好きだからこそ、もっと信用してほしい。

欲張りなこと、言ってるわけじゃないんだけどなぁ……。

漏らしたくもないため息が、勝手に口から出てしまう。

しかし、こんな気持ちでも一日はとっくに始まっているわけで。今日は挙式披露宴が目白押しだ。

気持ちを切り替えないと――。

小さく息を吐き、パチッと目を開ける。

さっさと洗い物を済ませますか。

シンクの縁から手を上げ、スポンジを取ろうと右腕を伸ばそうとした、その時。いきなり背後から身体を羽交い締めにされ、思わず「うわぁっ！」と悲鳴にも似た声をあげてしまう。

「ごめん。みっともないこと言って」

いつの間に来ていたのか、肩口に顎を置き発せられたその声は蒼甫先輩のもので。自省しているのか、かなり弱々しい。

水の音で全く気づかなかった……。

ごめんと言われても、なんて返事をしていいのかわからなくて黙っていると、蒼甫先輩の抱擁《ほうよう》が強くなる。

「俺は今まで、本気で恋愛をしてなかったのかもしれない。椛は、椛だけは、絶対に手放したくない」

さっきとは違い、蒼甫先輩の力強い口調に、身体の熱が上昇する。

「私も同じこと思ってました。もしかして、誰かを本気で好きになれなかったのは、蒼甫先輩のことが頭にあったからなのかな……って」

頬に触れている蒼甫先輩のふわりとした髪がくすぐったい。肩をすぼめるように微かに身体を動かすと、蒼甫先輩の唇が頬を掠めた。

一気にふたりをまとう空気が変わり、緊張感が増す。出しっぱなしの蛇口を蒼甫先輩が手を伸ばして止め、私の身体をくるりと反転させた。

「お詫びのキス、してもいいか?」

「お詫びのキスって……」

なんだそれ?と思い、クスクス笑いながらこくんと頷く。と同時に、蒼甫先輩の顔から微笑が消えた。

「後輩は昨日で卒業だ。今日から梳は、俺の恋人だ」

ゆっくりと彼の顔が近づいてきて、穏やかな瞳が私を見つめている。

「蒼甫……」

先輩――そう言う前に、『もう先輩じゃないだろう』と言うように唇が重なる。激しく貪られ何度も角度を変えると、重なりは深さを増していった。

こんな息が苦しくなるほどのキス、初めてかも……。

唇が薄く開き大きく息を吸い込み、蒼甫先輩の気持ちに応えようと彼の背中に腕を回す。

すると、ダイニングのドアがカチャッと音をたてた――ような。

「あれ? そこで何してるの、おふたりさん?」

その声に驚き、蒼甫先輩から弾かれるように離れると、何事もなかったかのように蛇口をひねる。

「か、薫さん、驚いたじゃないですか。おかえりなさい。あ、おはようございます、でした」

古くさいと思いながらも頭をかき「あはははは」と笑顔を作ってみせたが、その顔は引きつっていて。薫さんタイミング悪すぎ……と心の中でボヤいてしまう。

蒼甫先輩を見れば、彼も面白くないような顔をしていて、私と目が合うと諦めたように苦笑した。

「兄貴こそ、どこで何してた？」

私には兄貴も子供じゃないんだからと言っていたくせに、やっぱり心配していたんだとおかしくなる。

「あ～、マンガ喫茶。初めて入ったけど、なんでもあって楽しいところだね。今晩も行っちゃおうかなぁ～」

薫さんも負けていない。

蒼甫先輩からの質問をサラリとかわすと、いつもと変わらない態度で微笑んだ。

「ねえ、そんなことより、僕の質問に答えてくれない？　ふたりはそこで何をしていたの？」

薫さんはキッチンまでやってきて、壁にもたれかかり腕を組む。

向かい合って立つ蒼甫先輩と薫さんの目線がぶつかり、バチバチと火花が音をたてた……ような気がした。

怖いんですけど……。

恐怖心から後退《あとずさ》りしようとした私の腕を蒼甫先輩がつかみ、グッと抱き寄せる。

「椛と付き合うことになったから。もう気安く、ちょっかい出すなよ」

「ちょっかいって……」

もう少し違う言い方ってものがあると思うんですけど。

でも力強く交際を宣言されて嬉しいやら、照れくさいやら。顔の火照りを隠すようにうつむき、手うちわでパタパタ扇《あお》ぐ。

「へえ〜そっかぁ、蒼甫と椛ちゃん付き合うんだ。そっかぁ、残念だなぁ。うん、残念残念」

薫さんは腕組みを解き歩きだすと、何度も〝残念〟を繰り返している。

でも薫さんそれって、全然残念そうじゃないんですけど？

いや別に、残念そうじゃないことが気に入らないわけではない。けれど何度も繰り返して言われると、面白くないというか傷つく？

それに薫さんの態度を見ていると、何かをごまかそうとして見えるのは私だけだろうか。

いつも通りに見えても、時折見せる心ここにあらずの顔を、私は見逃さなかった。

昨日の夜、里桜さんがいる前で私の肩を抱き、好意を持っているように見せたのはフェイク。どんな意図があってあんなことしたのかはわからないけれど、自分の本当の気持ちをごまかすことに、なんの意味があると言うのだろう。

ここはズバリと要点を突いたほうがいいんじゃない？

意を決し顔を上げると、肩を抱いている蒼甫先輩の手を解いて、一歩前に踏み出す。

「薫さん、里桜さんと何があったんですか？」

言ってしまった……。

人の恋路に首を突っ込むのはよくないことだとわかっていても、一度踏み入れてしまったら最後、もう後戻りできない。

薫さんの瞳は、昨日初めて見た冷ややかな視線に変わっている。

一瞬怯《ひる》みそうになった心を、ここで負けては女が廃る……と言わんばかりに薫さんの目をまっすぐ見つめた。

「椛。兄貴のことはもういい、放っておけ」

「放っておけません！」

蒼甫先輩は私の肩に手を置き「やめておけ」と言うけれど、今さらあとには引けなくなってしまった。

薫さんも同じだったようで、私に近づくと人を小バカにするように嘲笑う。

「椛ちゃんって案外おせっかいなんだね。可愛げないなぁ」

「おせっかいなのも可愛げないのも、百も承知です。でも里桜さんのこと、どうするつもりですか？　彼女は薫さんを追って日本に来たんじゃないんですか？」

新作ウェディングドレスのお披露目会やブライダルフェアの打ち合わせもそうだが、一番の理由は薫さんのことだとすれば、急に日本に来たことも腑に落ちる。

そしてそれは的を射ていたのか、薫さんの表情はみるみるうちに曇っていき、「ちっ」と舌打ちをすると、不快そうに顔をしかめた。

「君に何がわかる」

「え？」

薫さんの口から出た、聞いたことのないような低く小さな声は、怒りに震えている。

「好きという気持ちだけじゃ、どうにもならないこともあるんだよ！　恋に恋してる君には、到底わからないかもしれないけどね」

「恋に恋してるって……」

反論しようとしたけれど薫さんが背を向けキッチンを出ていってしまい、それ以上は言葉が続かなかった。

七転び八起き？

ひとつ目の挙式披露宴を無事に終えると、挙式担当者に休憩することを伝え、すぐに副社長室へ向かう。実は付き合い始めたのをきっかけに『何かあったらいつでも副社長室に来い』と言われたのだ。

私が来ることがわかっていたかのようなタイミングでドアが開き、蒼甫先輩が顔を出した。

「椛。どうした？」

そう言いながら蒼甫先輩は私を部屋に招き入れ、後ろ手にドアを閉める。

「今日は失敗してしまい、すみませんでした……」

「失敗だと？　一体どんな失敗をしたんだ？」

蒼甫先輩の目が鋭く光り、私は慌てて手を横に振ってみせた。

「いえいえ、挙式披露宴はうまくいきましたよ。私を誰だと思ってるんですか？　失敗したのは、薫さんのことです」

反省しきって項垂れると、この世の終わりかというように深いため息を落とす。

「なんだ、そっちのことか。まあ、そんなに気にするな。兄貴も悪気があって言ったわけじゃないし、今頃言いすぎたって反省してるさ」

「だといいんですけど」

副社長室のソファーに深く座り、蒼甫先輩を見上げる。すると、蒼甫先輩が私の隣に腰を下ろした。

「っていうか、そんなことより……」

ゆっくりと近づいてくる蒼甫先輩に身の危険を感じた私は、彼の胸を両手で思い切り押し止めた。

「蒼甫先輩、ここ職場ですよ。こういうことをしに、来たわけじゃありません」

「こういうことって？」

わかってるくせに、普通そういうこと聞く？

ジトッとした目で蒼甫先輩を見ると、彼はガックリと肩を落とし、ソファーに身体を投げ出した。

「桃は真面目だなぁ。誰もいないんだから、ちょっとくらい甘えてたっていいじゃないか……」

不貞腐《ふてくさ》れる蒼甫先輩に、ちょっとくらいならよかったかも……と思ったのは内緒。

ここで甘い顔を見せたら、蒼甫先輩はきっと常習犯になってしまう。

「ちゃらんぽらんより真面目なほうがいいじゃないですか。それに私だって、蒼甫先輩に甘えたくないわけじゃないですよ。でも甘えるなら家に帰ってからで……」

「言ったな?」

「へ?」

「今晩たっぷり甘えさせてやる」

「い、いや、誰も今晩とは言ってないし……」

ボソッと口から漏れた言葉は、蒼甫先輩の「よっしゃー」の声にかき消されてしまった。

ま、いいか。

今晩そうなるかどうか——それはその時になってみないとわからないけれど、私だって好きな人には愛されたいし愛したい。

触れ合うことで相手への気持ちが、大きく深くなっていくと思っているから。

……って私、何恥ずかしいことを。

ヨダレでも垂らしそうなだらしない顔をキュッと引きしめると、頬をパンッと叩く。

「そんなことより、蒼甫先輩。薫さん、どうしてますか?」

出勤してから、まだ一度も顔を見ていない。

薫さんが社長をしている『ＭＩＹＡＢＩ』は、雅苑から歩いて五分ほどの商業ビルに日本支社のオフィスをかまえている。だから雅苑で顔を合わすことがなくても、特別珍しいことではない。

でも今は、雅苑に里桜さんが来ている。

もしかしたら気になって、こちらの様子を窺いに来るんじゃないかと期待していたのに……。

「さあ、俺は見てないけど。今日は来ないんじゃないか？」

「そうですか」

薫さんには冷たい態度を取られてしまったけれど、だからといって『はい、そうですか』と諦める私ではない。

私は薫さんも里桜さんも大好きだ。薫さんが言う通りおせっかいかもしれないけれど、ふたりには幸せになってもらいたい。そして遠くない未来に、ここ雅苑で、私のＭＣで、結婚式を挙げてもらいたい。

……ってそれは、先走りすぎか。

勝手な妄想を頭の中で繰り広げながら、たった今、ひとつ挙式披露宴を終えてきたばかりだというのに、新しいカップルの幸せな顔を見たくなってしまった。

「どうした、さっきから百面相だな」

「ずっと見てたんですか？」

恥ずかしい――。

「当たり前だろ。俺は椛しか見てない。可愛い顔も怒った顔も、今朝のヨダレを垂らして寝てた顔も」

「今朝って！　もう蒼甫先輩ったら、それ悪趣味です」

怒ったふりをして立ち上がる。

今晩からは寝顔を見られないように、マスクをして寝ようかしら。

心の中ではそんなバカみたいなことを考えながら、蒼甫先輩を横目に通り過ぎる。

すると――ふわっと腕を取られ、あっと思う間もなく身体を引き寄せられた。

私はバランスを崩し、蒼甫先輩の身体へとポフッと落ちる。いつも先輩から漂うグリーンシトラスの爽やかな香りが、私の中の恥ずかしさを癒しへと変えていった。

「なんだよ、椛。甘えたかったなら、初めからそう言えばいいのに」

いつの間にか腰に回された蒼甫先輩の、手の動きが艶《なま》めかしい。ついその動きの気持ちよさに身を任せてしまいそうになって、先輩の右手を叩きグッと心を引き戻す。

「蒼甫先輩、この手は反則です」

「そうか？　ここに桃の身体があるから仕方ない」

よく言えば積極的、悪く言えば身勝手。

この状態にしたのは蒼甫先輩なのに。何を言っても敵わないんだけど……。

でも今は負けるわけにはいかない。

「そんな『ここにお菓子があるから食べちゃった』っていう、子供みたいな言い訳しないでください。そろそろ次の挙式の準備に入らないといけないので」

まあ少し、ほんの少しだけ、離れるのは名残惜《なごりお》しいけれど——。

「夜の挙式の新郎って、安西《あんざい》さんのところの息子だったよな？」

安西さんとは、雅苑に専属で入ってもらっているカメラマン。前撮りやロケーション撮影、当日のスナップ写真など、撮影全般を任せている写真館の代表だ。

雅苑の会長の幼馴染で、蒼甫先輩も子供のように可愛がってもらったと聞いている。

「そうですね。蒼甫先輩、お会いしたことは？」

「ない。打ち合わせも時間が合わなくてな。安西さんにもお祝いを言いたいし、披露宴には顔を出すよ」

「わかりました。お待ちしています」

仕事じゃ仕方ないと抱く腕を解いてもらい、助けてもらいながら立ち上がる。

「椛、そのスーツって……」

「はい。この前、蒼甫先輩に選んでもらったスーツです。気づきましたか」

もっと早くに袖《そで》を通そうかと思っていたが、このタイミングになってしまった。

蒼甫先輩の目を細める視線に小っ恥ずかしさがあるものの、一応全身を見てもらおうとくるりと一回転してみせる。

「どうですか?」

「うん、やっぱり似合ってるな。さすがは俺だ」

ここでも言うか——とおかしくなって微笑むと、偉そうに腕を組んだ蒼甫先輩も微笑む。その笑顔に胸が甘く疼いて、少し目線を逸らした。

「なんだかんだ、椛も女なんだな」

「なんですか、その『なんだかんだ』って。私は、生まれた時から女です」

「わかってるよ、そんなこと。学生の頃はどうしようもないおてんば娘だと思っていたが、今では誰もが目を惹く女性になったなってこと。ちゃんと捕まえておかないと、誰かに獲られるんじゃないかと心配になる」

熱い瞳で語る蒼甫先輩に、驚きすぎて言葉が出ない。

先輩は、学生の頃から誰が見たって隙がなく、どんなことにも完璧で。私に対してはいつも傲慢、上から目線でモノ言う態度に何度ムカついたことか。

なんでもそつなくこなすから仕方ないけれど、自意識過剰で自信家で。でも誰からも愛され信頼されているのは努力の賜物《たまもの》……なんだろうけれど。

……って、私が何を言いたいかというと。

そんな人が『ちゃんと捕まえておかないと、誰かに獲られるんじゃないかと心配になる』なんて、どこかで頭でも打ったんじゃないかと思ったわけで。自信満々な瞳で言われても、なんだかピンとこないんですけど。

蒼甫先輩から聞く初めての弱気な言葉に、耳を疑ってしまった。

「せ、先輩？　その心配、いらないと思うんですけど」

二十九年生きてきたが、一度も〝モテた〟という実感はない。なんとなく過ごしてきた私にはいらぬ心配だ。

それなのに蒼甫先輩は、心配そうな顔をする。

「糀は自分をわかっていない。お前は綺麗だし、いい女だし」

「先輩ストップ！　それ以上は言わないでください。仕事に差し障ります。で、では、これにて……」

あぁ〜『これにて』って何⁉ あたしゃ忍者か？

心の中で自分にツッコミを入れ、蒼甫先輩を見たまま一歩二歩下がると、慌てて副社長室を出た。

「心臓に悪いんですけどぉ……」

副社長室から聞こえてくる大きな笑い声を聞きながら、激しく鼓動を打つ胸を押さえた。


安西さんの息子の披露宴は、予定通り滞りなく進んでいる。新郎新婦の幸せそうな顔を見ていると、私の心もほっこり温かくなっていった。

「さて皆さま。ご歓談中ではございますが、ご案内申し上げます。これより新婦は、お色直しのために中座させていただきます。エスコートは新郎、雄大《ゆうだい》様でございます」

大きな拍手の中、新郎新婦が会場の出入口まで移動する。

「ここで皆さまにご挨拶をし、ご中座でございます」

頭を下げ挨拶をするふたりを見送ると、マイクを持ち直した。

「おふたりのお支度が整いますまでの間、どうぞごゆっくりお料理をお楽しみくださ い。皆さまのテーブルには、メインのお肉料理が運ばれているかと思います。どうぞ温かいうちに、お召し上がりください」

新郎新婦が中座してすぐ、祝電の披露を済ませると、マイクのスイッチを一旦切り、ふたりが戻ってくるまでしばしの間、進行表を見直しながら司会台から会場の様子を窺う。

列席者が料理を食べながら、あちらこちらで会話に花を咲かせている。

披露宴も中盤。今のところ問題はなさそうだとキャプテンに目配せすると、その後ろに里桜さんの姿を見つけた。

里桜さんも私が見ていることに気づいたらしく、ニッコリ微笑むと司会台のところまでやってきた。

「里中さん、お疲れさま。新婦のドレスが気になっちゃって、お邪魔させてもらってるの」

里桜さんがまるで労るように、私の肩に手を乗せる。

「お疲れさまです。そうですよね。新婦がウェディングドレス着ている姿をライブで見られる機会は、日本にいる時にしかないですもんね」

「ええ。外国人モデルと日本人の体格は違うから、とても参考になるの」

「お色直しのカラードレスも楽しみですね」

会場の奥に移動しながら小声で話をしていると、今まで笑顔で話していた里桜さんの表情が曇る。

「里桜さん？　もしかして昨日のこと……」

「ううん、大丈夫。でも、今晩時間あるかしら？」

「今晩ですか？」

ふと『今晩たっぷり甘えさせてやる』と言った悪そうな蒼甫先輩の顔が脳裏に浮かび、慌ててそれを消し去る。

「はい。私もお話ししたいことがあります」

里桜さんの話は、きっと薫さんのことで間違いない。ふたりの間に何があったのか、聞かないことにはこれ以上動きようがなかった。

薫さんには偉そうなことを言ってしまい怒らせてしまったけれど、乗りかかった船だし最後まで責任を持ちたい。

このことを蒼甫先輩に話せば、また『やめておけ』と言われるに決まっている。だから今晩のことは彼には内緒にしよう。嘘をつくのは心苦しいけれど、ここはいたし方ない。

会場内を見渡し、挨拶に来ると言っていた蒼甫先輩の姿を探す。

大丈夫、まだ来ていない――。

蒼甫先輩のことだ。私が里桜さんと話している姿を見たら、何かあると勘ぐるに決まっている。

「里桜さん、今晩のことは副社長には秘密でお願いします」

「わかったわ」

こういうことは、女ふたりだけで話すほうがいい。特に蒼甫先輩みたいな完璧な人が加わると、まとまる話もうまくまとまらなくなる。

ここは穏便に進めないと、里桜さんと薫さんの関係だけじゃなく、仕事にも影響が出る。

もちろん、前者のほうが最優先事項だと思っている。

けれどもチェリーブロッサムとの関係だって、雅苑の未来を左右しかねないものだ。

ここは私が、ひと肌脱ぐしかないよね。

ヤル気がみなぎり、眼力《がんりき》強く里桜さんを見つめると、彼女は驚いたように目を見開いた。

「じゃ、じゃあ、今晩の場所は私が決めてメールしておくわね」

チャーミングな笑顔でウインクをすると、ほのかに甘い香りを残して離れていった。

彼女の背中を、しばし見つめる。

やっぱり里桜さんは素敵な人で、私の憧れの存在だ。

「彼女のためにも頑張らなくちゃ」

そう心に強く決め、最高の笑顔で会場を見つめた。


「里中さん、こっちこっち」

声がするほうに顔を向けると、カウンター席に座る里桜さんが、片肘《ひじ》をついて色っぽい笑みで手招きしてくれた。

「遅くなってすみませんでした」

小走りに近づき、里桜さんの隣に腰掛ける。

「渋いお店ですね」

「でしょ。前回日本に戻った時に見つけたんだけど、十割蕎麦が美味しくて。それにね、日本酒の種類も豊富なのよ」

そういうことか。

お酒が大好きな里桜さんは、その中でも日本酒に目がない。蕎麦に日本酒なんて、通《つう》としか言いようがない。

里桜さんが選んだ淡麗辛口の日本酒で乾杯を交わし、その香りを楽しむ。

「美味しい……」

すでにカウンターに用意されていた蕎麦がきをつまみに日本酒を飲むと、それは蕎麦の甘みと旨みを引き立ててくれた。

「明日も仕事よね？　忙しい時に、ごめんなさい」

飲んでいたお猪口《ちょこ》をコトリと置くと、里桜さんの表情が神妙な面持ちへと変わる。

「いえ、お気になさらないでください。里桜さんのほうこそ、大丈夫ですか？」

私の言葉に里桜さんは苦笑すると、お手上げというように肩をすぼめた。

「あまり大丈夫じゃないかな。里中さんも気づいていると思うけれど、薫さんと少し揉めてね。彼の考えていることがわからなくなってしまって。こんな気持ちのままじゃデザインなんてできないし、話をしようと日本まで追いかけて来たのに、今日も逃げられてしまって……はぁ……」

里桜さんは大きなため息をつき、手酌《てじゃく》した日本酒をグビッと荒っぽく飲み干した。

「ＭＩＹＡＢＩの事務所にもいませんでしたか？」

「ええ。事務の女の子に聞いたら、今日は事務所には来ないと連絡があったって」

薫さん、何してるんですか。逃げたって、なんの解決にもならないのに……。

私までため息が漏れてしまう。

「里桜さん、実は今朝……」

薫さんが里桜さんから逃げている理由のひとつが、もしかしたら私かもしれないと思うと、いても立ってもいられない。

あの時は興奮してしまい、売り言葉に買い言葉で彼を責めてしまったことを里桜さんに伝えた。

「そう、そんなことが……。里中さんにも嫌な思いをさせてしまったわね。ごめんなさい。でも、あなたが気にすることないわ。悪いのは全部私なんだから」

里桜さんは頭を振りながらそのまま手で抱え、目をつぶる。

「何があったのか話してくれませんか?」

里桜さんと薫さんが抱えている問題は、私なんかに解決できることじゃないのかもしれない。だからこそ、蒼甫先輩は『やめておけ』と言ったんだと思う。

だからって、ふたりがつらそうな顔をしているのに、見て見ぬふりはできなかった。

また前みたいに、他愛のないことで笑ったり、出来上がったウェディングドレスを見て感激し合うふたりの姿を見たいと思うのは、いけないこと?

里桜さんが今のままじゃ仕事ができないように、きっと薫さんだって同じ気持ちだと思う。

もちろん私も、そして蒼甫先輩だって同じ思いのはずだ。

今晩はまだ時間がある。急かすつもりはない。

蒼甫先輩には『麻奈美と約束があった』と嘘をついてしまった手前、後ろめたい気持ちもあるけれど。彼に早く会いたい気持ちに鑑《かんが》みても、今の優先順位は里桜さんと薫さんのほうが上だ。

心を落ち着かせ、里桜さんが話してくれるのを待つ。

ちょびちょび飲んでいた一杯目の日本酒を飲み終えたと同時に、里桜さんが顔を上げた。

「里中さん、奈々のこと覚えてる？」

「もちろんですよ。最後に会ったのは二年前ですけど、忘れるはずがないじゃないですか」

里桜さんが言った奈々とは、彼女の娘の名前。里桜さんに似て〝綺麗〟という言葉がぴったりな、可愛らしい女の子だ。

奈々ちゃんが二歳の時に離婚して、それから女手ひとつで育てている。

「アメリカに住んでいるせいか、まだ六歳になったばかりだというのにおマセな娘でね。最近、私や薫さんと衝突することが多くて」

「六歳で、ですか？」

私が六歳の頃なんて、遊ぶことしか考えてない、男の子にも負けないくらい、活発な女の子だったけれど。今どきの女の子は、日本でもマセている子が多いと聞く。オシャレにも敏感で、化粧する子もいるんだとか。

六歳なんて、まだ赤ちゃんに毛が生えたようなものだと思っていたけれど、親と衝突までするとは末恐ろしい。

「最近の奈々はワガママがひどくて。三人で食事をしている時にも、ちょっと注意をした薫さんに暴言を吐いて」

「それって、どんな？」

「うるさい、黙れってね」

あれ？　そのセリフ、誰かさんもよく言うような……。

「でもそれ、六歳じゃ早いですよね。それで薫さん、怒ったんですか？」

「ううん、全く。怒るどころか、奈々にごめんねって謝るんだから、お人好《よ》しにも程があるというか、いい人すぎるというか……」

ほんと困っちゃうわよね——とつけ加える里桜さんの顔は、愛しい人を想っているくなっていく。

　柔らかい微笑みだ。

　薫さんのことを心から愛しているんだなぁと、応援したい気持ちがより一層大きくなっていく。

「薫さんらしいですけど、里桜さんの言ってることもわかります」

「でしょ？　薫さんって一見チャラそうに見えて、根はものすごく真面目で。奈々のことが大切だからこそ、自分では奈々の父親にはなれないと言って、ある日突然姿を消してしまって」

　それで今朝、『好きという気持ちだけじゃ、どうにもならないこともあるんだよ！』と大声をあげたんだ。

　一連の流れがわかり、納得して頷く。

「薫さんは本当に、里桜さんと奈々ちゃんのことが好きなんですね」

「だからって逃げることないと思わない？　話もさせてくれないんだもの、どうしたらいいのかわからなくて」

「そういうことですか……」

　う～んと探偵よろしく顎を擦り、どうしたものかと思案する。

　まずは里桜さんと薫さんを、どこかで会わせる必要がある。しかも薫さんに逃げられないようにしないといけないから、私ひとりでは難しいかもしれない。

また麻奈美に頼む？

あーだこーだ考えていると、バッグの中のスマホが鳴りだした。

「麻奈美？　里桜さん、ちょっとすみません」

席を立ち、店の隅へと移動する。

「もしもし？　麻奈美、どうした？」

『椛、ごめん。副社長にバレた。雅苑を出たところで捕まって、椛はどこにいる？　教えないとクビって脅《おど》された』

「マジで？　脅すって、あり得ないわぁ……」

『でね、椛に電話するように伝えろって』

「……そう、わかった。ありがとう。迷惑かけてごめん」

休日のランチを奢ることを誓わされ電話を切ると、肩を落として里桜さんのもとへと戻った。

私が戻るや否や、里桜さんが「どうかした？」と、私の顔を覗き込む。

「バレちゃいました」

「もしかして、副社長？」

　こくんと頷く。里桜さんも「そう……」と苦笑いだ。

「仕方ないんじゃない？　ここへ呼んだら？」

「いいんですか？　蒼甫先輩が関わると、厄介なことになるかもしれませんよ？」

「厄介って。里中さん、面白い人なのね」

　里桜さんはそう言って、涙を流しながら笑っている。

　なんか私、おかしなこと言ったかしら……。

　なんだか腑に落ちない気持ちでいると、またスマホが鳴りだす。画面を見れば【蒼甫先輩】の文字。

　出るべき？

　スマホと睨めっこしていると、里桜さんが私の耳元で「あれでいて彼、結構お兄さん思いなのよ」と呟いた。

　そうなんですか？と疑いの目を里桜さんに送り、渋々電話に出た。

「里桜さん、こんばんは」

　電話を切ってから十五分。大将にお願いして移動していた個室に、蒼甫先輩が顔を出す。

里桜さんには挨拶するのに、私のことは無視ですか？

まるで同じ部屋にいないかのように扱われてむくれていると、里桜さんが笑いだす。

里桜さんが、こんな笑い上戸だとは知らなかった。

仕方なさそうに、蒼甫先輩が私の隣に座る。その横顔を見れば、里桜さんとは対象的に不機嫌極まりない。

蒼甫先輩の隣で居心地の悪い気分でいると、「はあ……」とため息を漏らした先輩が、私の頭を机へグッと押し倒した。

「里桜さん。こいつが勝手なことをして、すまない」

蒼甫先輩も頭を下げているけれど、なんで私だけ机におでこをグリグリされてるんですか？

いたたまれなくなって力いっぱい頭を上げる。大きく息を吸い込むと、キッと蒼甫先輩を睨みつけた。

「何するんですか！」

「それは、こっちのセリフだ！　俺は何度もやめておけって言ったのに、お前ってヤツは……」

呆れてものが言えないという顔をしたあと、蒼甫先輩は頭を抱え黙ってしまう。

「じゃあ本当に、あのまま放っておけとでも言うんですか？　そんなの薄情です」

言いすぎだとわかってるのに、口の止め方がわからない。

「里中さん、ちょっと落ち着いて。蒼甫くんも来て早々、そんな頭ごなしに怒鳴りつけるのはよくないわ」

里桜さんが間に入ってくれて、ヒートアップしていた空気が少し下がったような気がしなくもないけれど、私の気持ちは一向に収まらない。

「ここは一旦停戦して、お蕎麦をいただきましょ」

里桜さんの提案に一瞬目を合わせると、お互いフンッとそっぽを向いた。

まあここは里桜さんの顔を立てて、目の前にこんもりと盛られているもり蕎麦を食べることにしよう。

実は私、蕎麦には目がない。さっきから楽しみで、ソワソワしていた。

まずは蕎麦の香りを楽しむために、つゆにつけないでひと口する。

「……美味しい」

蕎麦の味や香りが濃厚であるのはもちろん、潔《いさぎよ》く切れる食感も最高だ。

「蒼甫先輩、こんな美味しい蕎麦、初めてじゃありませんか？　さすが里桜さんですよね」

「あ、ああ、そうだな。確かに美味い」

「これなら、もう一人前食べられそう」

「美味いものは腹八分目にしておいたほうがいいぞ。それとも何か、今以上に体重増やすつもりか？」

「え？　それはちょっと……って蒼甫先輩！　また体重のこと言いましたね！」

あまりの蕎麦の美味しさに興奮ぎみで話していると、前に座っている里桜さんがクスクスと笑いだす。

「仲がいいのね。まあ今さらな気もするんだけど、ふたりは付き合ってるってことでオッケー？」

「うぐっ……」

何を言いだすんですか、里桜さん！

唐突なことに驚き、食べていた蕎麦を吹き出しそうになる。

「一緒に暮らしている」

私とは反対にサラッとそう言うと、蒼甫先輩は涼しげな顔で蕎麦をすすった。

間違いではないけれど、そんな誤解を招く言い方しなくても……。

「ちょっと諸事情がありまして、会長のお宅に居候《いそうろう》させてもらってるんです。付き合い始めたのも昨日からで」

「え？　そうだったの？　蒼甫くん、あなた……」

　里桜さんはそこまで言うと口をつぐみ、困った人ね、と言うように蒼甫先輩を見た。

「まあ、そういうことなんで。それ以上は言いっこなしでお願いします」

　何？　そういうことって、どういうこと？　ふたりは何か通じ合ってるみたいで、私だけ蚊帳《かや》の外ですか？

　いい歳をした大人なのに、まるで拗ねた子供のように、わざとズズッと音をたてて蕎麦をすする。

「……ったく」

　蒼甫先輩は呆れ顔で私を見て、でもすぐそれを柔らかい微笑みに変え、頭をポンと撫でた。

「で、どこまで話は進んだんだ？」

　蕎麦屋に来た時チラッと合わさった目は、イジワル極まりないものだったのに。今は驚くほど柔らかい眼差しで、里桜さんの前だというのに胸が高鳴り、顔が熱くなってしまう。

　人は誰しも、美味しいものを食べると優しくなれるものなのね――。

なんて自分の心をごまかすように蕎麦を食べ、コップの水を飲み干して身体の火照りを冷ます。

「薫さん、あれからずっと逃げ回ってるみたいで。どうにかして話し合いができるといいんですけど。蒼甫先輩、何かいいアイデアありませんか？」

私が電話したところで、今朝のこともあるし出てくれない可能性が高い。だったら弟である蒼甫先輩が連絡を取ったほうがいいとは思うけれど。

「里桜さん。兄貴が逃げ回ってる理由は、もしかして奈々ちゃん？」

「そう、そのもしかして。でね、薫さん、逃げ腰になってしまって。相手は六歳の女の子よ。彼女の言うことなんて話半分で聞いておけばいいのに、彼はなんでも真剣に受け止めてしまうから」

そこが薫さんのいいところだと思うけれど。家族になるということは、そんな簡単なことではないみたいだ。

「そうか、わかった。椛、次の休みはいつだ？」

「休み？　えっと……四日後の水曜日、だったと思います」

「じゃあその日に『ＭＩＹＡＢＩ』との緊急会議を設ける。ちょうど討議する議題もあるし、二時間弱の会議をして他のメンバーが帰ったあとで、里桜さんと椛が合流したらいい。兄貴は俺が引き止めておく」

おお、頼もしい――。

さすがは蒼甫先輩だと頷き、彼を見つめた。

「なんだ、見惚れちゃって。惚れ直したか？」

「そ、そんな見惚れてなんかっ……」

傲慢、自意識過剰！　普通の男性はそんなこと、自分で言わないでしょ！

でも蒼甫先輩は本気で言っているらしく、私の腰に左腕を回し入れると身体をグッと引き寄せた。

「な、何するつもりですか？」

聞いても蒼甫先輩は何も答えてくれない。その代わりなのかどうか知らないけれど、右手を私の頬に添えて、ゆっくりと顔を近づけ始めた。

これってまさか、キスするつもり⁉

あっという間に蒼甫先輩の顔が数センチまで近づき、慌てて手を上げ彼の胸に押し当てる。

「どういうつもりだ？」

「どういうつもりって、それはこっちのセリフです。ここお蕎麦屋さんですよ？　それに里桜さんも……」

こんな場面を見せられたら困るでしょ。そう思ったのに、「あ、私のことは気にしないで。そのまま続けて」なんて言うから、驚きしかない。

「キスなんて、アメリカじゃ日常茶飯事《さはんじ》よ」

「里桜さん！　ここアメリカじゃなくて日本ですから！」

人前でキスする習慣、ありませんから！

もう！　蒼甫先輩も里桜さんも、思考回路がおかしくなってるんじゃないの⁉

「勘弁してくださいよぉ……」

私と蒼甫先輩を見てクスクス笑っている里桜さんが、悪魔に見えた。


――それから四日後。

私と里桜さんは、とあるレストランで昼食を食べながら、会議が終わるのを待っていた。

蒼甫先輩たちは別室でランチミーティング中。

「里中さん。お休みの日に、ごめんなさいね」

緊張しているのか、さっきから里桜さんは落ち着きがない。水を飲んではため息をつく、を繰り返していた。

「そんなこと気にしないでください。私のほうこそ、おふたりの大事な話に首を突っ込んでしまって……」

乗りかかった船――とはいえ、大事な話をする時に、私なんかがいてもいいのだろうか。と、前日になってから怖《お》じけづき、昨晩はなかなか寝つけなかった。

「何を言っているの？　里中さんが頑張ってくれなかったら、私は薫さんに会えなかったかもしれない。あなたには感謝しているのよ、ありがとう」

「そんな、感謝なんてもったいないです」

でも正直、ホッとした。

感謝してほしくて話を聞いたわけじゃないけれど、少しでも役に立てたなら嬉しい。きっと薫さんだって、今のままではいけないと思っているはずだ。どんな内容であれ、先延ばしにしていいことなんてあるはずがないんだから。

薫さんとは四日前のあの朝以降、私も会っていない。

『しばらくホテルで暮らす』と出ていったきり、蒼甫先輩でも連絡が取れなくなったらしい。だから今日の会議にも出席するかどうか、かなり心配していたけれど。

それは取り越し苦労だったみたい。

ここまで来る途中に、チラッと見かけた薫さんはピシッと決まっていて、元気そうだった。

ふと視線を部屋の時計に移すと、午後一時を回っている。

「そろそろですかね」

私がそう漏らしたと同時に、待っている部屋のドアがコンコンと音をたてた。

「お待たせいたしました。準備が整いましたので……」

今日の会議の会場になっているのは、自然派レストランの個室。経営陣が若くなったこともあって、最近は食事をしながらの会議が増えていた。

まあ蒼甫先輩の個人的趣味——なんて噂も、聞こえたり聞こえなかったり。

私と里桜さんも会議中の人たちと同じものをいただいているから、文句は言えないのだけど。

店員に案内された部屋の前に到着すると、緊張感に包まれる。

「里桜さん、心の準備はいいですか？」

そう里桜さんに耳打ちし、確認をする。すると彼女は、意を決したように大きく頷いた。

目の前のドアを小さくノックし、返事を待たずに開ける。

「失礼いたします」

下げていた頭を上げると、驚きから目を見開いた薫さんと目が合った。でもすぐに薫さんは咎《とが》めるような、鋭い目つきに変わってしまう。なんだか騙したような気分になってしまい、私は薫さんから目を逸らした。

「どうぞ。里桜さん、こちらへ」

今この部屋で平然としているのは蒼甫先輩だけ。

彼は深く腰掛けていた椅子から立ち上がると、里桜さんを招き入れる。

「蒼甫くん、ありがとう。薫さん、何日ぶりかしら」

この個室には会議や食事をするスペースのほかに、大きな窓から外の景色が見えるところに応接ソファーがある。そこに薫さんと向かい合うように腰を下ろした里桜さんは、彼から視線を外さない。

しばらくは見つめ合うふたりだったが、それに耐《た》えかねたのか、先に薫さんが目線を泳がせた。

「蒼甫、騙したな」

「騙したとは人聞きが悪い。兄貴が逃げ回るから、俺がお膳立てしたまでだ」

「勝手なことを。それを騙したっていうんだ!」

薫さんが珍しく声を荒げ、蒼甫先輩のことをキッと睨み上げる。怒り心頭なのか、その矛先はすぐに私へも向けられ、恐怖から身体が縮こまってしまう。

「薫さん、ちょっと落ち着いて。そんなふうに睨んだら、里中さんがかわいそうよ」

里桜さんが庇う言葉をかけてくれると、仕方ないというように顔を背けた。

「あなたと話ができないから、私がふたりに頼んだの。怒るならふたりにじゃなくて私にだと思うけれど?」

里桜さんはあくまでも冷静で、もの静かに話しかける。それはまるで小さな子供を諭《さと》すようで、彼女が母親なんだと痛感する。

こんな時、私なら感情をむき出しにして、喚き散らしているに違いない。さほど歳も違わないのに、この差は何?と思わずにはいられなかった。

私がシュンと肩を落とすと、それを見ていたのか薫さんが小さく息を吐く。

「ごめん、椛ちゃん。そうだよね、今の僕が怒るなんてお門違い。自分の不甲斐なさに腹が立つよ」

「それがわかってるなら、ちゃんと里桜さんと向かい合えよ。兄貴は里桜さんのこと、大切じゃないのか?」

蒼甫先輩の言葉を聞いてか、薫さんの身体が小刻みに震えている。

「そんなこと……そんなこと蒼甫に言われなくてもわかってるよ。いい歳してカッコ悪いけど、僕だって迷ってるんだ。そんな簡単に答えなんて出せないよ」

うつむく薫さんを見ていると、胸が苦しくなってくる。

きっと薫さんは、誰よりも優しい人なんだと思う。だから必要以上に悩んで、人一倍苦しむのだろう。

自分のことより相手のこと――。

素敵だと思うけれど、でも里桜さんの気持ちは？

他人の恋愛沙汰にあれこれ言う権利は私にはないけれど、これからもふたりには笑っていてもらいたい。悩んで暗い顔をしているより、笑って過ごすほうが何倍も幸せだ。

その方法を見出《みいだ》すためにも、薫さんには里桜さんと話し合ってもらいたい。でも、どうやって声をかければいい？

もどかしい気持ちでいると蒼甫先輩が私の肩に手を置き、薫さんたちがいるところから少し離れたダイニングスペースへと私を座らせる。そして彼も、私の横に座り、ふと顔を寄せた。

「椛は口を出すなよ」

耳元でそう呟き、目で訴えてきた。

なんで私の心の中がわかるのよ……。

でもそう言われては、もう何も言えない。

シュンとしておとなしく蒼甫先輩の隣に座っていると、里桜さんが少しだけ身体を前に乗り出した。

「薫さん、聞いて。私がこんなこと言うのはおこがましいってわかってる。でも私には薫さん、あなたが必要なの。そして奈々にも。奈々には〝薫さん〟というパパが必要だわ」

「僕という……？」

「そう。あなたは、あなたでしょ？　無理して本当のパパになろうとしなくていいのよ。薫さんらしいパパを、奈々はきっと望んでいるはず」

優しく諭すような口調は、確実に薫さんの心に届いている。

薫さんの表情が少しずつ変わっていることに安堵していると、蒼甫先輩が私の耳元に顔を寄せた。

「出るぞ」

「え？　でも……」

せっかくうまくいきかけているのに、このままふたりっきりにさせていいの？　それにできれば、最後まで見届けたいじゃない。

そう思っているのに蒼甫先輩は私の腕をつかみ、部屋の外へ出てしまった。

「あのふたりは、もう大丈夫だ」

「それはそうですけど、気になりませんか？」

「全然。俺たちはお膳立てするだけ、あとはふたりで解決するだろう。それとも何か、このまま兄貴たちに付き合って、せっかくの休日を無駄にするつもりか？」

「無駄にするって……」

そう言われても。今日は薫さんと里桜さんの話し合いに付き合うつもりで、ほかに何も考えていない。そもそも無駄とも思っていなかったし、蒼甫先輩は何が言いたいんだろう。

そんなことを考えながら蒼甫先輩に手を引かれて歩いていると、急に立ち止まった先輩の背中にぶつかってしまう。

「ちょ、ちょっと先輩。なんで急に止まるんですか！」

「椛って、今日明日と休みだったよな？」

クルッと振り返った蒼甫先輩に、ウンと頷く。

十二月は、結婚式も書入《かきい》れ時《どき》。週末の土日のスケジュールは、ほとんど埋まっている。しかも一日に挙式披露宴を三つこなすのは当たり前で、まさに師走《しわす》状態。雅苑の中を、上へ下へと走りっぱなしだ。

連休を取れることは稀《まれ》だが、今週は珍しく二連休。明日は部屋の掃除や片づけをしようと思っていたけれど。

「何か仕事がありましたか？」

仕事最優先の私は、当たり前のように聞き返す。

でも蒼甫先輩の思惑は違ったようで、「真面目か」とひと言呟くと私の身体を抱き寄せた。

「な、なんですか、いきなり」

「今からだから近場で悪いけど、どこか泊まりで出かけるか？」

「泊まり……」

蒼甫先輩からの甘い誘いに急なことで戸惑う反面、嬉しさも込み上げる。

あ、でも……。

「蒼甫先輩、仕事があるんじゃないですか？」

今日の会議だって急に決めたこととはいえ、大事な仕事に違いない。雅苑に戻って、片づけないといけないことがあるんじゃないだろうか。

そう思いながらも、私の心はすでに躍りだしていた。

年内の連休は、きっとこれが最後だろう。一緒に暮らしていても、これからはお互いに忙しくて、すれ違いの日も多くなるはず。

付き合いだしたばかりで少し寂しいと感じていながらも、これぱかりはどうしようもないと諦めていた。

そんな時に突然訪れた、ふたりっきりになれる大チャンス！　それを逃す手はない。

そんな、ふたつの気持ちの間でひとり闘っていると、フッと笑う声が耳に届く。

「どうして、ここで笑いますか？」

声がしたほうへ顔を上げれば、ニヤリと片方の口角を上げて笑う蒼甫先輩の顔。

「顔を見てるだけで、椛の考えていることが手に取るようにわかるなと思って」

「なんですか、それ。人のこと、バカみたいに言わないでください」

「バカなんて思ってない。可愛いなとは思ってるけど」

「っ……」

額に顔を寄せた蒼甫先輩が、優しく唇を押し当てる。

「仕事のことは心配するな。俺は副社長だからな、予定なんてどうにでもなる。だがこのことは他言無用だぞ、いいな？」

お互いの額と額がコツンと合わさり、間近に見る蒼甫先輩の口元がゆっくりとほころんだ。

「いいんですか、そんなこと言って。私、誰かに話すかもしれませんよ？」

「好きにしろ。まあ、お前も共犯者だけどな」

「共犯者……。なら黙っておきます」

冗談を冗談で返し、どちらからともなく笑い合う。

まさか、こんな展開になるなんて——。

ふたりで過ごす時間を想像すると、心が騒いで落ち着かない。

これからの忙しい毎日を乗り切るための、神様からの贈り物だと思って楽しんでもいいよね？

蒼甫先輩と何かを語るように見つめ合うと、唇が近づく予感にそっと目を閉じた。

惚れた欲目？

「やっぱり冬は温泉だな」

蒼甫先輩が運転する車に乗って〝美人の湯〟で有名な温泉に到着したのは、日も暮れ始めた午後四時。

高台にある老舗《しにせ》旅館の客室から見える景色に目を奪われていると、逞しい腕が背後から伸びてきてそっと抱きしめられた。

「やっと落ち着いて、ふたりっきりになれたな」

耳元で囁く聞き慣れた声に、ホッとして身体が温かくなる。

でも次の瞬間――。

うなじに熱い唇を感じ、一瞬にして身体中に緊張が走った。

「な、何してるんですか⁉ くすぐったい……です」

蒼甫先輩と、ふたりで一泊旅行をする――。

とうとう来るべき日が来てしまったと緊張は増すばかり。胸の鼓動も速まってきて、息まで苦しい。

旅館に着いて早々ですか？　抱きしめられるのは嬉しいけれど、さっき部屋まで案内してくれた人が、あとで仲居さんが挨拶に来るって言ってたよね？

そんな心配までして、頭の中はプチパニック状態。

「薫さんと里桜さんは、うまくいったんでしょうか？」

私ってば、このタイミングで何聞いてんのよ！

わけがわからなくなって「あはは」とから笑いすると、私の身体に巻きついている蒼甫先輩の腕が動く。そのままクルッと反転させられると彼の顔がグッと近づいた。

「ほんとに椛ってわかりやすい。何か期待してる？」

油断しているところに急接近され、ニヤリと微笑むシャープな顔が、いちいち決まっていて余計に腹が立つ。

「期待なんて……してません」

そうよ、期待なんてしてない。ただちょっと、そうなるのかなと思っただけ。意味合いが全然違うから、その辺りは勘違いしないでほしい。

目をキリッとさせて訴えるも、蒼甫先輩には伝わらなかったみたいで。

「まあ今すぐその〝期待〟に応えてやってもいいけどな、俺は飢えた野獣じゃない。今日までずっと待ったんだし、それが少し延びてもどうってことはない。それに、楽しみは最後に取っておく派だ」

「……最後に取っておく派」

そんな派閥、初めて聞いた。

ぼけっと立ち尽くしていると、その頬に蒼甫先輩の唇が触れる。

「ほんとは唇にしたいところだが、止まらなくなりそうだからな。今はここで我慢だ」

蒼甫先輩はそう言って私から離れ、座卓に用意されていた饅頭《まんじゅう》を食べ始めた。

何よ、俺は飢えた野獣じゃないとか言っておいて、ほんとは我慢してるんじゃない。

唇が触れた頬に手を当てれば、熱を帯びている。

蒼甫先輩はズルい。自分はスッキリした顔をして饅頭を食べてるけど、頬から全身に伝わりつつあるこの熱は、どうしてくれるんですか？

なんて今伝えたら、すぐにでも襲われてしまいそうで。

諦めてため息混じりに蒼甫先輩の向かいに腰を下ろすと、美味しそうなお饅頭に手を伸ばした。


山の中腹に建つ旅館の展望風呂から、ひとり、その景色を楽しむ。〝美人の湯〟と呼ばれるお湯は柔らかく、肌の滑らかさを感じながら部屋へと戻る。

「おかえり」

先に戻ってきていた蒼甫先輩に迎えられ、つい笑顔が溢れてしまう。

「いいお湯でした」

そう言いながら部屋の中へと足を踏み入れると、座卓の上いっぱいに豪勢な夕食が整えられていた。

思わず「わあ、スゴい……」と感嘆の声をあげてしまい、蒼甫先輩に笑われてしまった。

いい歳して恥ずかしい……。

そそくさと逃げるように隣の部屋に行くと、手にしていた着替えを片づける。

別に旅行が初めてということではない。両親や友達とはよく出かける。特に温泉旅が好きで、その中でも料理は、その地方ならではの食材を堪能《たんのう》できるので、いつも楽しみにしている。

それに加え、蒼甫先輩と一緒だと何もかもが新鮮で、ひとつひとつが目新しく感じてしまう。

だから自分でも思いがけず、声が出てしまった。

笑われたことでなんとなく戻りにくい気持ちでいると、「椛、さっさと来いよ」と待ちくたびれた蒼甫先輩に呼ばれ、重い腰を上げた。

今の時代、大広間での夕食というのが多くなっているが、ここは古くからのスタイルのまま、部屋でのんびり食事をとることができる。

蒼甫先輩曰《いわ》く、「ふたりの時間を誰にも邪魔されたくないから、ここに決めた」ということだが、素直に嬉しい。

泊まりに来ている時くらいは、どんな時間もふたりで楽しみたいと思っていた。それが蒼甫先輩なら、なおさらだ。

旬の食材を使った会席料理は、全国的にも有名な牛肉や地元の川で採れた川魚、地元野菜などの新鮮な食材が使われていて、どれから食べようか目移りしてしまう。

「豪華ですね」

「ああ。ここは歴史ある建物と自然に囲まれていて、情緒豊かなことで有名だが、この料理も人気だからな。椛との旅行なら、まずはここだと決めていた」

「そ、そうなんですか。蒼甫先輩、ありがとうございます」

蒼甫先輩は言うことが正直すぎるというか、寸分たりともズレることなくまっすぐすぎて照れてしまう。

本当は私だって嬉しさや感動を、もっと正直に伝えたい。今だってひと言『嬉しい』と言えれば、もっと蒼甫先輩に近づけると思うのに。

先輩と後輩、副社長と社員の関係が長かったせいか、どうしてもうまく愛情表現できない。

箸を手にしたままそんなことを考えていると、蒼甫先輩が大きくため息をついたのに気づき、顔を上げた。

「なあ椛。お前はいつまで敬語を使うつもりだ？」

「え？」

言われてみれば、その通りだけど。そんなことを考えたこともなかったから、おかしな反応になってしまった。

蒼甫先輩は目の前で腕を組み、私の出方を待っている。

私にとって蒼甫先輩は、いつまで経っても先輩で。その人が副社長なんだから、敬語になってしまうのは普通のこと。付き合うことになったからといって、すぐに変えられるものじゃない。

でも今のままでは、ふたりの距離は近づかない？

とは思うものの、どうしていいのやら全然思いつかない私は、う～んと唸るしかなかった。

「そんな難しく考えることか？　いいか、『ねえ、蒼甫』って言ってみろ」

「はあ⁉　先輩、何言ってるんですか？　そんなこと無理に決まってるじゃない……ですか」

敬語を崩して話すことすら難しいのに、蒼甫って呼び捨てするなんて絶対無理！

顔を横にぶんぶん振って拒否する。

「そうか、無理なんだ。椛の俺に対する気持ちは、そんなもんだってことだな」

悲しそうにうつむく蒼甫先輩を見て、心がギュッと痛む。

「な、なんで、そうなるんですか？　先輩は立場が上だからいいですけど、私は……」

痛む胸を抑えるように、浴衣《ゆかた》をキュッと握り考える。

どう言ったら、私の気持ちを伝えられる？

愛してるの気持ちは、呼び方や言葉遣いじゃない。

ねえ、そうじゃない？

でもそんな安っぽい言葉じゃ、蒼甫先輩は納得してくれないような気もするし……。

おいおい頑張ります――も嘘くさい。

あぁ～困った！

目の前には美味しそうな料理が『早く食べて』と言わんばかりに待っているという

のに、答えるまでは待て状態で、お腹も悲鳴をあげている。

もうこうなったら、ヤケクソで言ってやる！

目を固くつぶり、大きく息を吸う。それをゆっくり吐き出すと、閉じていた唇を緩ませた。

「ねえ、そ、そ、そうすけ？」

それは何か音がしていたら聞こえないほどの小さな声で、自分で驚いてしまう。そして次の瞬間、一気に恥ずかしさが襲ってきて、両手で顔を覆い隠した。

「もう勘弁してください」

なんて、もう敬語に戻っているし、所詮私には無理なことだったのよ。

そうは思っても、蒼甫先輩の反応は気になるところで。

怒ってないといいけれど……。

顔を覆い隠している手の指の隙間から、蒼甫先輩を窺う。

ん？　怒ってない？

もう少しハッキリと顔を見ようと指の隙間を広げ、再度確認してみた。

右手で口元を押さえた蒼甫先輩の顔は、ほんの少しだけ赤くなっている？

「自分で言わせておいて、こんなに刺激が強いとは思ってなかった……」

「せん、ぱい？」

顔からゆっくり手を離し、呆然とそう呟く蒼甫先輩を見つめた。

一体どうしたというのだろう。

なぜか目を逸らされてしまい、急激に悲しみが襲ってくる。

何か悪いことをしてしまったのだろうか。でもそうだとしても、その理由がわからない。

もう一度小さな声で「蒼甫先輩？」と呼びかけると、少しだけ照れくさそうな顔をして、蒼甫先輩が私を見た。

「悪い、そんな心配そうな顔をするな。やっぱりしばらくは、今まで通り先輩のままでいいぞ」

「え？　でも……」

「椛に蒼甫って呼ばれると困るということが、今わかった」

困る？　何が困るというのだろう。

小首を傾げると、蒼甫先輩がフッと微笑む。

「何も手につかなくなる。きっとどこにいても、お前を抱きしめたくなるだろうな」

「それって……」

「職場で抱きしめてもいいか？」

そう言って笑いだす蒼甫先輩に、私は頬を膨らませた。

「それはお断りします」

「そう言うと思った。でもふたりっきりの時は、できるだけ先輩はつけずに呼んでほしい」

「努力、してみます」

「ああ、よろしく」

蒼甫先輩はそう言って右手を差し出し、私はその手をギュッと握り返した。

惚れた欲目――。

惚れてしまった人のことは、欠点ですら愛おしく想えてしまうらしい。

蒼甫先輩は一般的に見て、欠点のある人ではない。人当たりもいいし、上司としての人望もある。見た目も素敵な王子様みたいだし、スタイルもいい。

でも私にしてみれば、クセのあるあの性格は、欠点以外の何ものでもないし、偉そうな態度も気に入らない。

でもふたりでいると、嫌だと思っていることでも許せてしまうのは、やっぱり〝惚れた欲目〟なのかもしれない。

今、私は客室についている露天風呂に入っている。蒼甫先輩も一緒に。

もちろん最初は全力で拒否した。

一緒に入るだけで何もしない――なんて蒼甫先輩の言葉には説得力がない。信用できないからバスタオルを巻いてなら、という提案をして今に至っている。

「開放感があって、いい湯だな」

確かに蒼甫先輩の言う通り、露天の湯は開放感があって、庭の景色も素敵だ。でも私はといえば、開放感とは程遠い状態にある。

後ろから羽交い締めのように抱かれていては、開放感はおろか自由もない。これでは約束が違うというものだ。

「いいお湯なのは認めます。けど、この状態は……」

「変なところは触ってないだろ？　一緒に入ってるだけだ」

口では蒼甫先輩に敵うはずがない。

じゃあ、なんなら勝てるというのだろうか。

考えても答えが出ることはなくて身じろぎしようものならば、蒼甫先輩と密着している部分を感じてしまい、動くことすらままならない。

打つ手なし――。

ガックリ項垂れると、顔がお湯に浸かってしまい、慌てて上げる。

「何してるんだ」

蒼甫先輩はそう言うや否や私の腰をつかみ上げ、いとも簡単に身体をクルッと回してしまう。当然私と蒼甫先輩は向かい合うこととなってしまい、胸元のバスタオルをグッと持ち上げた。

「な、何するんですか！」

「何って、椛が溺れるといけないと思ってだな」

「露天風呂で溺れるはずないでしょっ！　私は子供？」

片手で胸元を押さえたまま、蒼甫先輩に攻め寄る。

「チュッ」

その音と同時に私の唇に触れたのは、蒼甫先輩の唇。

「あ……」

興奮しすぎて、顔を近づけすぎてしまったみたい。だからといって、いきなりキスするのはどうかと思うけれど……。

「いきなりキスするなとでも言いたそうな顔だな。でも、さっきのはよかった」

「さっきの？」

何がよかったのだろう。

「俺に詰め寄った時、敬語を使わなかった」

「ああ」

そういえば、そうだったような気がする。でも興奮していて、よく覚えていない。

「自然体な椛のほうがいい」

そう言いながら頬に添えられた手に身体がピクッと反応し、同時に鼓動が速くなる。

温泉に浸かっているからだろうか。蒼甫先輩の視線だけで、身体が溶けそうになってしまう。

「椛……」

甘く名前を囁かれれば、スイッチが入ったかのように身体がしびれ、疼き始めた。

蒼甫先輩が欲しい——。

自分からそんなこと思うなんて、今までに一度だってなかった。

ただなんとなく、そういう場面では、流されるように身体を許していたような気がする。

付き合っているから当たり前、好きならそうなることが当たり前。

今となってはその〝好き〟でさえ、本当だったんだろうかと疑問視するところだけれど……。

そんな自分に呆れて自嘲《じちょう》ぎみな笑みを漏らすと、蒼甫先輩が「どうした？」と顔を覗き込む。

「なんでもない」

「そう？　ならいいけど」

会話がなくなると、触れ合っているところに気持ちが集中してしまう。心臓が脈打つ音が聞こえてしまわないかと気になりながらも、蒼甫先輩から目を離すことができない。

どのくらい見つめ合っていたのか――。

言葉を交わすことなく、どちらからともなく唇を重ねた。

一度離れては、また重なり。甘いキスを繰り返していると、頭の中がボーッとしてきて、蒼甫先輩へ身体を預けるような体勢になってしまった。

「積極的なのは大歓迎だ」

意図してやったわけじゃないのに……。

そう反論したいのに、湯でのぼせてしまったのか、それとも蒼甫先輩に溺れてしまったのか、口がうまく動かない。

近づいた身体はキスの重なりも深くして、息苦しさから声をあげそうになって、それをかろうじて抑えた。

敷地内とはいえ、ここは建物の外。

誰かに見られていることはなくても、声が聞こえてしまう可能性はゼロではない。

急に冷静になると、とてつもない羞恥心《しゅうちしん》が襲ってきて、慌てて蒼甫先輩から身体を離した。

「何?」

眉間《みけん》に皺をこしらえた蒼甫先輩が、不機嫌な声を出す。

「部屋、戻りませんか? ここだと声が……」

……って私、何言ってるんだ。これじゃあ、このあとの行為を期待していることがあからさまだ。

恥ずかしい――。

とにかくこの場から離れようと立ち上がると、その身体がふわっと浮いた。

え? 何――。

でもすぐに、自分が蒼甫先輩に抱きかかえられているのだと気づく。

「いちいち下ろせとか、ギャーギャー騒ぐなよ」

そう言われては、何も言えなくなってしまう。

バスタオルを巻いてるせいでお湯はしたたれ放題だし、なんとなく身体が重たい。

でも蒼甫先輩はそんなことも気にせずスタスタと歩き、されるがままおとなしくしている私を脱衣所でゆっくり下ろした。

「身体拭くから、バスタオル外して」

「あ、はい……って、えぇっ⁉　いいですよ、拭くぐらい自分でできますから！」

「ギャーギャー騒ぐなって言ったはずだけど？　ほら、早くして」

私はあたふたしているというのに、蒼甫先輩は淡々としていて。

「……椛……」

蒼甫先輩は諭すように私の名前を呼び、顔を近づけると優しくキスをする。

唇から首筋へと移動する先輩の熱と吐息に、身体がしびれて力が抜ける。すると、手で押さえていたバスタオルが、はらりと床に落ちた。

万事休《ばんじきゅう》す――。

一糸まとわぬ姿に恥じらいながらも、蒼甫先輩に身を任すことに決めた。

直接肌が触れ合い、鼓動の速まりは収まらない。

身体を拭かれたあと、客間に運ばれるまでうつむいていた私。敷かれた布団の上で蒼甫先輩と対峙《たいじ》して、初めて彼の逞しい全身を目にした。

あ。初めてじゃないか——。

矢嶌家で暮らすことになった日、バスルームで蒼甫先輩の全裸を見てしまったっけ。

でもその時と今とでは、ふたりの関係も状況も違う。

目の前に輝くバランスの取れた筋肉質の身体は、しなやかさも持ち合わせていて。

「綺麗……」

思わずこぼしてしまう。

「何言ってるんだ。綺麗なのは椛のほうだろう」

そう言いながら蒼甫先輩は、私の額にかかる髪を優しくかき上げた。

さっきまで襲われていた羞恥心は消えていて、甘えるようにその手に頬を寄せる。

「椛の全部を俺に見せて。今夜は寝かせるつもりないから、覚悟しとけよ」

蒼甫先輩が私の身体をゆっくり倒す。彼の舌が首筋を這うように愛撫《あいぶ》し、耳元で囁く声はいつにも増して妖艶で。目線が交わると、私は小さく頷き、ゆっくりと目を閉じた。

・

朝食の会場になっている新館の大広間で、蒼甫先輩と向かい合って座る。

「ふわぁああ」

両手で口元を隠し、さっきから止まらない大欠伸《あくび》をすると、蒼甫先輩がクスクスと笑った。

「眠れなかったのか?」

先輩のわざとらしいセリフに、大きく頬を膨らませる。

眠れなかったのか?

まるで自分は関係ないかのように、よくものうのうとそんなセリフが言えたもんだ。

眠れなかったんじゃない。

正確には、寝かせてもらえなかった——と言うべきだろう。

つい数時間前まで愛されていた私の身体にはまだ、蒼甫先輩の温かな肌の感触が残っている。

先輩の愛撫は優しく、それでいて時に激しく。

長くて綺麗な指が、滑らかな舌が、私の身体中を翻弄《ほんろう》して。全身のあちらこちらに、俺のものだと言わんばかりに赤い印を残していった。

思い出すだけで身体が熱くなって、ところどころ疼く。

こんなこと初めてだ——。

ちろりと目線を上げると、何度も身体中にキスを落とした唇が目に入る。その口は数々の甘い言葉を囁いて、私の脳と身体を快楽の世界へと連れていった。

上から目線の傲慢な言葉ばかり言われるかと思っていたけど、王子様のような甘くて素敵な言葉も言えるんだ……。

ギャップに驚きもしたけれど、初めて見る蒼甫先輩に、ドキドキは止まることがなかった。

今だって——。

その艶やかな唇に触れられたい、長いまつげを持つ瞳に見つめられたいと、邪《よこしま》な気持ちが私の身体を淫《みだ》らに溶かす。

朝っぱらから何を考えているんだ、私……。

小さく息を吐き、頭を振って邪念を吹き飛ばすが、すぐには消えてくれなくて。

「どうした？　気分でも悪いのか？」

私の変な様子を見て勘違いしたのか、蒼甫先輩に心配そうな顔をされてしまった。

「大丈夫です。そ、それより、朝食も美味しそうですね！」

もちろん、気分なんて悪くない。それこそ絶好調だ。

テーブルを挟んで、正面には想い人がいて、目の前には身体によさそうな食事が並んでいる。

温泉旅館の朝ご飯の定番、温泉卵に手作りの寄せ豆腐《どうふ》。地魚の開きに温泉地の定番、朴葉《ほおば》味噌が、卓上コンロの上でチリチリと音をたてていた。

こんな盆と正月が一緒に来たような状況で、気分が悪くなるなんてあるわけがない。

でもいやらしいことを考えていたなんてバレるわけにはいかない私は、必要以上に元気さをアピールして、余計に蒼甫先輩に疑いの目を向けられてしまった。

蒼甫先輩が箸を置き、私に向き直る。

私は努めて冷静に、普段通りに――自分にそう言い聞かせ、ゆったり微笑みながら蒼甫先輩の目を見た。

「ほんとに大丈夫なのか？　ところで今日なんだが」

「はい。何かありましたか？」

急に副社長みたいな話し方をするから、私まで部下のような態度になってしまった。

「会社からメールがあって、夕方に外せない仕事がひとつ入った」

仕事の鬼の蒼甫先輩が、あからさまにガッカリした素振りで頬杖をつくので、思わず笑いが込み上げる。

「なんで、そこで笑うんだ？」

「だって……」

今の蒼甫先輩の顔ったら。

テレビゲームを楽しんでいる時に『勉強しなさい』と横槍《よこやり》を入れられて、不貞腐れる子供みたいだったから。

それって、私との時間を邪魔されて、残念だと思ってくれている証拠？

だったら嬉しいけれど……。

もちろんここで、駄々をこねるつもりもない。

「仕事なら、仕方ないじゃないですか。この忙しい時期に一泊旅行ができただけでも、よしとしましょう」

「わかってる。わかってるけどさ、そうものわかりがいいのもどうかと思うけど」

そう言いながら朴葉みそをつつく姿を見て、可愛い‼と胸がキュンとなる私は、頭がおかしいのだろうか。

私って、ギャップに弱いんだ――。

昨夜もそうだけれど、改めて自分の新しい一面を発見して驚くばかりだ。

「ものわかりがいい、というのはちょっと違うかも。私だって我慢してるんですよ？」

「そうなのか？」と、少し目を見開いた蒼甫先輩に、こくんと頷く。

その言葉によほど満足したのか、先輩は箸を持ち直すと、マッハの速さで朝食を平らげていく。

な、何⁉　一体どうしたというの？

その光景に驚き大口を開けていると、蒼甫先輩がニヤリと笑う。

「どこかで昼飯だけ食って、そのまま帰ろうと思ってたけど、やめた。予定通り観光して帰るから、さっさと食え」

「はぁ⁉　さっさと食えって、そんなぁ」

『朝食はゆっくり食べないと消化に悪いって、おばあちゃんが言ってたんですけど……』と言ったところで、蒼甫先輩には効き目がないだろうと思い、口をつぐむ。

それに、蒼甫先輩の表情がなんとも生き生きしていて、怒る気力もなくなってしまった。

初めて食べるものもあるし、ゆっくり味わいたいところだけど。蒼甫先輩と楽しむ時間が増えるのなら、それはそれで悪くない。

「この豆腐、美味いぞ」

「はい。いただきます」

明日から、また忙しい日々が始まる。蒼甫先輩が仕事に戻るその時まで、無駄な時間がないように過ごそう。

そんな幸せな気持ちのまま、残っていた朝食を急いで食べ始めた。

車のトランクに荷物を積み、仲居さんたちの見送りを受けると、蒼甫先輩は車を走らせる。

「この近くに何万年も前の火山噴火でできた、珍しい地層があるらしい。一見の価値があるって、仲居さんが教えてくれた。なんなら私がご案内しましょうかって。いい人だったよなぁ」

「そ、そうなんですか」

いい人？　私がご案内？

旅館の部屋つきの仲居さんは思っていたよりも若い女性で、蒼甫先輩を見るなり目がハートマークになったのを私は見逃さなかった。

でもいつの間に、そんな話を。

蒼甫先輩がモテるのはわかっていたことだけれど、旅先の仲居さんまでとは……。

容姿端麗、頭脳明晰、文武両道ときたら、モテないはずがない。時々、新郎がいるというのに、蒼甫先輩を見て頬を赤らめる新婦もいるから仰天《ぎょうてん》ものだ。

好きと気づく以前は、なんでこんなヤツがと思ったこともしばしば。でも惚れてしまい付き合うと、それがヤキモチの種になってしまうなんて。

運転している蒼甫先輩を見つめ、小さなため息をつく。

「なんだよ、今の？」

「いや、何っていうことでもなくて……」

「当ててやろうか？」

蒼甫先輩はまっすぐ前を向いたまま、その顔はニヤリとほくそ笑んでいる。

「甲斐甲斐しく世話をしてくれた仲居さんに嫉妬している。違うか？」

「な、な、何言っちゃってるんですか、先輩。そんなことあるわけぇ……」

心の中を見透かされ気が動転してしまった私は、声がひっくり返り、ゴニョゴニョと口ごもってしまう。

「マジでドンピシャか？　でも心配するな。椛とふたりっきりの時間を邪魔されたくないからな、丁寧に断っておいた」

当たり前だ――。

不意に目線を私に向け、髪をくしゃくしゃっとかき乱す。

「何するんですか！　せっかくブローしたのに。それに……」

蒼甫先輩の手を払いのけ、髪を手ぐしで整えると、蒼甫先輩へと向き直る。

「人の心を勝手に読まないでください！」

「わかりやすい顔を俺に見せる、椛が悪い」

「顔を見て勝手に判断するなんて、趣味悪くないですか？」

「そうか？　喜んで笑った顔、頬を膨らませて怒った顔、心配そうに目を潤ませる顔。椛のどんな顔も見逃したくない、ただそう思っているだけだ」

蒼甫先輩を見つめたまま、動くことができない。

どうしてこの人は、こっちが恥ずかしくなってしまうような言葉を、そんな淡々と言ってのけるんだろう。

ただひと言『愛してる』と言われるよりも心に響いて、何も言い返すことができなくなるじゃない。

ズルい――。

私は先にいろいろ考えすぎて、先輩みたいに言葉で気持ちを伝えるのが不得意で。

こんな時、素直に嬉しさを伝えることができない自分がもどかしい。

悔しさにほんの少しうつむくと、膝に置いていた右手が大きな左手に包まれる。

「椛の気持ちはわかってるからな、無理して何か言おうとしなくていいぞ」

ひとつしか歳が違わないのに、やっぱり彼のほうがずいぶん大人で。

「また心を読みましたね?」

「さあな」

蒼甫先輩に勝てる——そんな日が来るのだろうかと、心の中で呟いた。

仲居さんオススメの観光地をいくつか回り、お昼は美味しいお蕎麦の御膳を食べ、途中サービスエリアでお土産を購入すると、帰宅の途についた。

「急がせてしまって悪かったな」

「そんな、何謝ってるんですか。充分楽しませてもらいました」

楽しい時間はあっという間に過ぎてしまうというが、時計はもうすぐ午後四時になろうとしている。雅苑には、あと十五分ほどで到着だ。

仕事なら仕方がない。

朝はそう言ったけれど、離れる時間が近づいてくると、寂しさが募ってきてしまう。

どうせ今夜も、同じベッドで寝るんじゃない——そう言われてしまえばそうなのだが、昨日今日と思いがけない夢のような時間を過ごしたせいで、離れがたくなってしまったみたいだ。

「やけに静かだな」

自然と口数が減った私を見て、赤信号で車を停めた蒼甫先輩がフッと含み笑いする。

蒼甫先輩、明らかに面白がってる。また心の中を読まれてしまったんだろうか。

人の気も知らないで――。

ぷいっと顔を背け、窓の外に目を向ける。と同時に右手を取られ、身体が引き寄せられた。

「仕事が終わったらすぐ戻る。心配するな、今晩もたくさん愛してやる」

「な、な、何言って……っ」

耳元で囁かれて、動揺が隠しきれない。

そういうことじゃないんですけど……と言おうとしたが、右手をギュッと握られて口をつぐんだ。

「も、もう……」

『今晩もたくさん愛してやる』と言われて恥ずかしいのに、どこか嬉しい自分もいて。

何も言えなくなるじゃない――。

私も蒼甫先輩の手を強く握り返すと、彼は満足したようにまた車を走らせた。

雨降って地固まる？

矢嶌家に到着すると、蒼甫先輩は手慣れた様子で駐車スペースに車を停める。

「あっ！」

「なんですか、急に」

蒼甫先輩は何か思い出したように大声をあげ、スマホをタップした。

「そういえば、兄貴からメールがあったんだった」

「そうなんですか……ってことは？」

「ああ、里桜さんと仲直りしたみたいだな」

そうだったんだ。よかった……。

蒼甫先輩との時間はとても有意義なものだったけれど、薫さんと里桜さんのことを忘れていたわけじゃない。大人なふたりのこと。きっとよい方向に進むと思っていたけれど……。

「嬉しい。って蒼甫先輩！　そういう大事なことは、もっと早く教えてください」

「言う暇がなかったんだよ。なんだ、俺との時間は大事じゃないのか？」

「そんなこと言ってないじゃないですか」

どうしてそうなるのか。比べることじゃないと思うんですけど。

困った人だとため息をつくと、頭をコツンと小突かれた。

「冗談だよ。ともかく、よかったよな」

膝の上にある私の右手に、蒼甫先輩の手が重なる。ゆっくり目線を上げると彼の慈愛に満ちた瞳があって、重ねられた手を包むように左手を乗せると微笑みを向けた。

そしてその夜。

薫さんと里桜さんに誘われ四人で食事をし、しっかり仲直りをしたふたりを見て安心したのは言うまでもない。

それから二週間後。

なぜか今年はクリスマスイブとクリスマス当日の結婚式が多く、翌日の二十六日の今日、疲れ切った私はスタッフルームのデスクでぐったりと伸びていた。

「椛、昨日は本当にお疲れさま。まさかの新見《にいみ》さん病欠で焦ったけど、椛のおかげで助かった」

麻奈美に肩を叩かれたが、起き上がる気力もない。

新見さんは、雅苑と個人契約している大ベテランのMC。とても気さくな人で『丈夫さだけが取り柄《え》なのよ』と、私が知っている限りでは一度も穴を開けたことがなかった。

でも本人曰く『四十を超えると抵抗力が落ちる』らしく、生まれて初めてインフルエンザになってしまったと、申し訳なさそうに電話がかかってきた。

とはいえ体調が悪いからといって、すぐに誰かと代わってもらえるほど甘い世界ではない。新郎新婦にしてみれば、担当の司会者と顔合わせをし、細かい打ち合わせまでして一緒に作り上げてきたのに、当日になって違う司会者がやることになったら、どう思うだろう。信頼を失い、結婚式自体を台無しにしてしまうことだってあるかもしれない。

だから私たちMCは常日頃から体調を整え、万全な状態で本番を迎えられるよう心がけておかなければいけないのだ。

でもどれだけ気をつけて生活していても、病気になることは誰にだってある。もちろん私だってそう。

明日は我が身——かもしれないし、こういう時は、助け合いの精神で乗り切るしかない。

私も二日間で五つの仕事が入っていたが、新見さんの持ち分のひとつだけ受け持つことになり、超多忙な二日間を過ごした。

「副社長に美味しいもの奢ってもらえるから、引き受けたんでしょ？」

「人聞きの悪いこと言わないでよ」

決して食事につられてMCを引き受けたわけではない。あくまでも新郎新婦のため、新見さんのためだ。

お互いに忙しく、仕事が落ち着くまでは自分の部屋で過ごすことにしたけれど、全く会えなかったわけじゃない。

それでもゆっくり過ごすことはほとんどなかったから、確かに蒼甫先輩との食事は楽しみだけど……。

「年内はあと三つだけだから頑張らないとね。麻奈美、コーヒーひとつ」

私の言葉に麻奈美は「はいはい」とふたつ返事で応えると、コーヒーメーカーのボタンを押した。しばらくするとコーヒーの香ばしい香りが鼻を掠め、癒しの時間へと変わっていく。

「今朝は副社長と一緒じゃなかったの？」

「うん。蒼甫先輩は神戸で打ち合わせがあって、朝イチで出かけていった。お手伝いの千夜さんも年末年始の休みに入っちゃったし、なんにも食べてないんだよね」

「ズボラな椛に逆戻りね。また倒れたりしないでよ」

嫌味を言う麻奈美に唇を尖らせながら、コーヒーを受け取る。それを飲みながら、パソコンの画面に目を向けた。

「あ、新見さんからメールだ。薬が効いて楽になったみたい。インフルエンザだから年内は休まないといけないけど、よろしくって」

「そう、それはよかったわね。年明けからはバンバン働いてもらわないと」

「そう願いたい」

年末年始に結婚式を挙げてはいけないという決まりはないが、実情避ける人が多い。年末はイベント事や年越しの準備、年明けは家族や親戚と落ち着いて過ごしたいという人も多いだろうし、招かれる側のことも考えると納得できる。

そして雅苑の年末年始も言うに及ばず、挙式披露宴はひとつも予定されていない。雅苑は年末年始も基本休みではないが、私は十二月三十日から一月三日まで休みになった。

あと三つのMCをこなし、年明けの準備と確認をすれば、蒼甫先輩と迎える初めてのお正月だ。

「あぁ、いろいろと楽しみ！」

身体を起こし両腕を上げると、大きく背伸びをする。

「明日の出勤は昼からだったよね？」

「うん。午前中は蒼甫先輩と一緒に、薫さんと里桜さんを見送りに、空港まで行ってくる」

新作発表会や商品の搬入《はんにゅう》のことなど、ひと通りの打ち合わせを済ませ、ふたりは一度帰国することになった。

アメリカで里桜さんのご両親と暮らしている奈々ちゃんのこともあるし、今後のことも含め、あっちで話し合いをするそうだ。

「私も里桜さんが作ったウェディングドレスを着て、結婚しようかしら」

「はぁ⁉ 何、それってどういうこと？ 麻奈美、もしかして……」

「プロポーズされた。毎日そばにいたいんだってさ」

「何よそれ、のろけ？ でもよかったじゃない、麻奈美もとうとう奥さんになるのね」

頬をピンクに染めて照れくさそうにしている麻奈美を、ギュッと抱きしめる。

「一年の最後に、こんな素敵なことが起きるなんて思わなかった。麻奈美、幸せになってね」

「椛……ありがとう。でもまだ気が早いよ。プロポーズを受けただけだし、まだなんにも決まってない」

それでも嬉しいものは嬉しいと麻奈美を何度も抱きしめていると、スタッフルームのドアが開く音に顔を上げた。

「椛、いるか？」

「あ……蒼甫先輩」

慌てて麻奈美から離れると、小走りに蒼甫先輩へと近づく。

「おかえりなさい。早かったですね」

「神戸店の担当が、しっかり準備していたからな。話がスムーズに進んだ。ところで、なんで遠山さんと抱き合ってたんだ？」

「ああ、それは……」

話してもいいかと麻奈美を見れば、オッケーと頷く。

「麻奈美がプロポーズされたんです」

「へぇ、それはめでたいな。遠山さん、おめでとう」

スタッフルームが、穏やかな空気に包まれる。

相手が雅苑と契約している音響会社の誠くんだと知り、蒼甫先輩も最初は驚いていたけれど、「あいつは若いがしっかりしているから大丈夫だな」と太鼓判を押してくれた。

「じゃあ挙式披露宴はぜひ雅苑で、だな。社員割引で安くしておくよ」

「ええ〜、そこはタダでって言ってくださいよ〜」

麻奈美の言葉に笑顔の花が咲き、そのままお祝いムードがしばらく続いた。


翌日――。

私たちは空港まで見送りに来ていた。

「里中さん、今回は本当にお世話になったわね」

「そんなこと……。でも、おふたりのお役に立ててよかったです」

そう言うと、里桜さんと軽くハグを交わす。

「今日は僕にもしてくれる?」

薫さんはおねだりをする子犬のような目をして私を見つめているから、苦笑いが漏れてしまう。

「今回だけだぞ」

そう了承したのは、私の隣に立っている蒼甫先輩。

本当にハグするだけで終わるんだろうか……。

そんな心配をしながらも、薫さんの前に一歩踏み出した。

「椛ちゃん、ありがとう。今度は里桜と奈々ちゃんも連れて帰ってくるからね。それまでは寂しい思いをさせちゃうけど、お利口さんに待っててね」

「そうですね。薫さんと里桜さんがいなくなると、ちょっと寂しいです」

顔を上げて薫さんを見ると、額に優しいキスが落とされる。

「ねえ里桜。このまま椛ちゃんも一緒に、アメリカに連れていくっていうのはどう？」

薫さんは本気で言ってるのか、身体を再び抱きしめられてしまう。

「えぇっ！　薫さん、ちょっと……」

「冗談だよ。そんなことしたら蒼甫に殺されかねないからね」

薫さんは私の身体から腕を解くと、おどけた表情を見せる。

確かに最近の蒼甫先輩を見ていると、殺すまではいかなくても何かをしでかしそう。

今も眉間に深い皺を作って、薫さんを睨んでいる。

「薫さんも言ってたけど、年が明けたら今度は奈々も一緒にこっちに来るわ。蒼甫さん、ブライダルフェアのこと、よろしくお願いします」

「椛ちゃん、じゃあね〜」

ふたりは幸せそうに微笑み合うと仲良く手を繋ぎ、出発ゲートへと消えていった。

「行っちゃいましたね」

「兄貴がいると慌ただしくて困る。アメリカに戻ってくれて、せいせいしたよ。それにしても里桜さん、本当に兄貴なんかでいいのか?」

「蒼甫先輩、弟のくせにそんなこと言ってもいいんですか? 人には好みっていうものがあるんですよ。それに薫さんにだって、いいところのひとつやふたつ、あるじゃないですか」

「ひとつやふたつ、か。確かにあの能天気さは、俺にはないからな。あれで案外仕事がうまくいってるから不思議な話だ」

そして最後に「宇宙人みたいなヤツだよな」と呟くと、私の手を取ってスタスタと歩きだした。

「今日の仕事は何時に終わる?」

「そうですね。順調に進めば、午後九時には上がれると思います」

「お前はプロだろ、間違いなく順調に進めろ」

「は、はい」

挙式披露宴の時間にシビアな蒼甫先輩が、順調に進めろと言うのはいつものことだけれど。

何かあるのかしら？

すると、不意に足を止め振り向いた蒼甫先輩が、私の耳元に顔を寄せた。

「兄貴がいなくなったからな、今晩からはあの家にまたふたりっきりだ。何も気にせず、椛が抱ける」

「抱け……っ‼」

驚き固まっている私に追い打ちをかけるように、蒼甫先輩が耳朶を甘噛みする。

「蒼甫先輩、ここはまだ空港です、よ……」

「誰も見てない」

相変わらず勝手気ままな蒼甫先輩を見て、薫さんがアメリカに帰ってしまったことを、早速後悔する羽目になってしまった。

安に居て危を思う？

新しい年を蒼甫先輩と迎えてから、はや一ヵ月。

真冬の外は寒いが、ベッドの中は必要以上に温かい。

それもそのはず。

私の上半身は蒼甫先輩の腕に背中側から包み込むように抱かれ、下半身には彼の足が絡みついている。身動きひとつできない状態に、いつものことかと苦笑した。

「蒼甫先輩、少し暑くありませんか？」

遠回しに離れてほしいことを伝えたつもりだったけれど、蒼甫先輩には無駄だったみたいで。

「そうか？　肌と肌は密着してこそ、温かさを保てるんだ」

そう言ったかと思うと、身体を抱きしめる力は一層強くなってしまう。

「蒼甫先輩、苦しい……」

たまらず身じろぎ蒼甫先輩から離れようとしたが、彼の逞しい腕がそれを許さない。

「起きるには、まだ早いだろう」

そう言って私の肩に軽く歯を立てたかと思うと、熱い唇で首筋を味わうように這わせていく。

早いって、今何時？

目だけ動かし時計を見れば、朝の六時。

確かにまだ早いけれど、今の蒼甫先輩はとても危険な状態で。この流れになると、必ずといっていいほど、朝っぱらから愛されることになってしまう。

もちろん、蒼甫先輩とそうなることが嫌なわけではない。でも朝からだと仕事に支障が出るというか、身体が一日中ふわふわしてしまうのだ。

打ち合わせや事務仕事的なデスクワークならそれでもなんとかなるが、今日はそういうわけにはいかなかった。

「今日は挙式披露宴の仕事があります」

「知ってる。で？」

そう話している間も指を這わせ、私の身体にゆっくりと甘いしびれを与えていく。

でも、蒼甫先輩の誘惑に負けるわけにはいかない。

今日は以前から気になっていた、溝口さんと森さんの結婚式の日。結局あのあと、打ち合わせや衣装合わせなどは問題なく終わったのだけれど、私の中のモヤモヤは消えることがなかった。

「大事な……仕事なんです……」

蒼甫先輩の指の動きに耐えながら言葉を紡ぐと、蒼甫先輩の指の動きが止まる。

「そんなに大切な仕事なのか？」

私にとって仕事はどれも大切で、比べたり贔屓《ひいき》したり、より好みしているつもりは一切ない。

でもなぜか、溝口さんの様子がどうしても気になってしまって、心の隅っこに引っかかったまま、とうとう結婚式当日を迎えてしまった。

「大事は大事ですけど、ちょっと気になることがあって」

「気になること？」

蒼甫先輩が眉根を寄せる。

溝口さんのことは結局、蒼甫先輩には話さずじまい。

そもそも私の思い過ごしかもしれないし、私のそんな気持ちだけで蒼甫先輩を煩《わずら》わせることもない。

最終打ち合わせの様子も特に変わりなかったと麻奈美から聞いているし、溝口さん本人も言っていた、結婚間近の女性によくある〝マリッジブルー〟だったのかもしれないと、一度は自分で結論づけた。

けれど——。

「たいしたことじゃありません。けど念には念を入れてって感じですよ」

嘘も方便。

蒼甫先輩の腕の中でもぞもぞと身体を動かして彼と向かい合い、何も応えない蒼甫先輩に自分から唇を重ねる。

「今朝はこれで許してください」

普段あまりしないことをする私に驚いたのか、蒼甫先輩が不意をつかれたように目を丸くする。でもそれも一瞬で、私の髪をすくように撫でると、愛おしそうに微笑んで私を見つめた。

「わかったよ。そこまで言うなら許してやる。でもこの貸しは、二倍、いや五倍にして返してもらうからそのつもりで」

蒼甫先輩はそう言って私の唇にキスをすると、「シャワー浴びるぞ」と起き上がり私に手を伸ばした。

「な、何言ってるんですか!? 一緒になんか浴びません!」

ガバッと布団を被り、蒼甫先輩から身を守る。

「な～んだ、残念。せっかく隅々まで綺麗に洗ってやろうと思ったのに」

そんな嘘くさいセリフを残して、蒼甫先輩は部屋から出ていった。

「もう……」

何が残念よ。一緒にシャワーなんて浴びたら、それこそ蒼甫先輩の思う壺《つぼ》じゃない。

好き勝手にもてあそばれてしまうに決まってる。

蒼甫先輩が部屋からいなくなったことを確認し私も起き上がると、カーテンを少し開けて外の様子を窺う。

「いい天気」

今日のこの雲ひとつない空のように、何事もなく温かい結婚式になりますように——。

今の私は、そう願わずにはいられなかった。


「では、よろしくお願いします」

キャプテンとの簡単な打ち合わせを終え、司会台へと戻った。

今日の森さんと溝口さんの挙式は、人前式《じんぜんしき》で行われる。

人前式とは神様ではなく家族や友人など、お世話になった人たちの前で結婚を誓うもの。参列者に向かって誓いを立てるため、人との繋がりやおもてなしを重視できると、人前式を選ぶ人も増えてきている。

雅苑では、披露宴会場と一体化している広いプライベートテラスで挙げられるようになっていて、特に人気が高い。

「ほんと、天気がよくて気持ちいい」

庭園が一望できるオープンテラスには、今日のゲストが続々と集まってきている。

披露宴会場のほうからフロア担当のスタッフがやってきて、私にコソッと耳打ちをする。

「揃いました。そろそろお願いします」

「はい」

深呼吸をすると、マイクのスイッチを入れた。

「本日はお忙しい中、また遠方から新郎康生さん新婦梨加さんの結婚式にご列席いただきまして、誠にありがとうございます。ただいまより新郎新婦が入場いたします。どうぞ披露宴会場入口にご注目いただき、盛大な拍手でお迎えください」

新郎新婦が腕を組み、ふたり一緒に入場してくる。

途中溝口さんと目が合い、彼女の笑顔に微笑み返す。

おめでとう――。

溝口さんのことでは気を揉んでいたからか、普段より感動が大きいみたい。

ゲストと一緒に拍手で迎え、新郎新婦が所定の場所につくのを待って、マイクを握り直した。

「それではこれより、康生さんと梨加さんの結婚式を始めさせていただきます。この結婚式は……」

人前式はどのようなものなのか説明し、ゲスト全員がその保証人になることを知らせた。

「申し遅れましたが、本日の司会をさせていただきます里中 椛です。精一杯務めさせていただきます。どうぞよろしくお願いいたします」

流れで自分の紹介を言い添えて、順調にスタートを切る。ホッとひと息つくと、会場を見渡した。

特に変わったところはなさそうだ。

引き続きセレモニーを進めていく。

結婚の宣誓《せんせい》、結婚誓約書への署名、指輪の交換と、和気あいあいとした雰囲気の中滞りなく進み、会場は温かい空気に包まれた。

「おめでとうございます。皆さま、おふたりの結婚を承認していただけますでしょうか？　承認いただけるようでしたら、大きな拍手をお願いいたします」

私の言葉と同時に盛大な拍手が沸き上がり、あちらこちらから「おめでとう」の声がかけられる。

新郎新婦はもちろん、ゲストの顔も皆晴れやかだ。

「皆さまのおかげで、ここにめでたくおふたりの結婚が成立いたしました。康生さん梨加さん、おめでとうございます」

改めて結婚を宣言し、人前式の挙式は終わりを迎える。

「これをもちまして、おふたりの挙式は無事相調《あいととの》いました。皆さま、めでたく夫婦になられたおふたりに、今一度盛大な拍手をお願いいたします。おふたりの未来永劫《えいごう》の幸せをお祈りいたしまして、康生さん梨加さんの挙式を閉会とさせていただきます」

ふたりはゲストからフラワーシャワーの洗礼を受けながら、披露宴の準備のため、この場をあとにする。

私はふたりに披露宴の時間などを説明するため、一度バックグラウンドへ下がった。

本来ならそのまま会場に残り、次の準備に取りかかるところなのだが、溝口さんのことが気になった私は、普段より時間に余裕があるのを確認して彼女のあとを追った。

なぜそんなことをしたのか、自分でもよくわからない。挙式の最中に何かあったわけでもないし、彼女も穏やかな顔をしていた。

それなのにどうしてか、思うよりも早く足が動いてしまう。

「念には念を、だしね」

彼女の背中を見つけると、ホッと足を止める。

「溝口さん」

そう声をかけると、彼女がどこか一点を見つめ、震えていることに気づいた。

どうしたのだろう。

気になり彼女と同じほうに目を向けると、この場にそぐわないカジュアルな格好をした男が、溝口さんを見て立っている。

誰、あの人？

不審に思っていると、その男性が溝口さんに近づいてきた。

「徹《とおる》……」

知り合いみたいだけど、彼女の表情がどこかおかしい。

「溝口さん！」

もう一度声をかけると、彼女のもとへ駆け寄った。

「里中さん……」

「失礼いたします。溝口さん、こちらの方は？」

　チラッと男性のほうを見ると、その男性はチェッと舌打ちをして目線を逸らした。

邪魔者が入ったと言わんばかりの態度に、嫌な予感しかしない。

「梨加。この人、誰？」

「今日の結婚式の司会者さん」

「そうなんだ、じゃあ関係ないね。部外者はあっちへ行ってもらえますか？」

　関係ない？　部外者？

　はあ⁉　この人何言っちゃってるの？　それにこの傲慢な態度、全くもって気に入らない。

　彼の高圧的な言いぐさにカチンときた私は、溝口さんの前に立ちはだかった。

「里中と申します。溝口様の挙式披露宴の司会を仰《おお》せつかっておりますので、部外者ではございません。あなたこそ招待されていないのなら、今すぐここから出ていってもらえますでしょうか」

　毅然《きぜん》とした態度でそう言うと、男性は苦虫を噛み潰したような顔をし、私の肩をガッと力強くつかんだ。

「頼むから、梨加とふたりで話をさせてくれないか？」

「そう言われましても、もう間もなく披露宴が始まりますので」

このままでは彼女が危ない。

そう察知した私は、その場を一歩も引かないつもりで彼を睨みつけた。

でも、このあとどうする？

辺りを見渡すと、柱の向こうに蒼甫先輩を見つけた。

「副社長！」

大声で蒼甫先輩を呼ぶと、焦った男性は私を突き飛ばし、足早に階段のほうへと立ち去る。

私はといえば——。

突き飛ばされた時にバランスを崩し、大きな柱に頭をぶつけると、そのまま意識を失った。

微かに耳に届くのは、誰かが話をしている声。

「命に別状はありません。意識も、もう少しで戻ると思います」

「わかりました。ありがとうございます」

そう男性が礼を言うと、ドアが閉まる音がした。

すぐ近くでピッピッと規則正しく音を鳴らすのは、心電図モニター？

意識が戻りつつある中ゆっくり目を開けると、カーテンが開いている窓から外の景色が見えて、ホッと安堵の息を漏らした。

ここは病室で、どうやら生きているみたいだけど、溝口さんの披露宴はどうなったのか……。

気になりながら頭だけ少し反対側へ向けると、今度は誰かの姿が薄っすらと見える。

「……蒼甫先輩……」

身体に力が入らないせいか、普段通りの声が出せない。蒼甫先輩を呼ぶように、自由に動く右手をゆっくり伸ばす。

「椛⁉」

先輩、なんていう顔をしているの？　いつもの先輩らしくないんですけど。

近くに来た蒼甫先輩の顔は、強気な先輩には似つかわしくない、今にも泣きそうな顔だ。

その頬に、手で触れる。

「どう、したんですか？　元気が、ない、ですね」

目が覚めたばかりだからか頭がまだ回らなくて、言葉がブツブツ切れてしまう。

すぅっと小さく息を吸い込み、ため息のような息を吐く。

「まだつらいだろう。喋らなくていいぞ」

蒼甫先輩は頬に触れている私の手を取り、両手で優しく包み込んだ。

手が震えてる？

意識がハッキリとしてきた目でよく見れば、手だけじゃない、身体も小刻みに震えていた。

「蒼甫先輩？」

私のしっかりした呼びかけに顔を上げた蒼甫先輩は、みるみるうちになぜか怖い顔になっていった。

「この、どアホ‼　お前というヤツは、あの状況なら逃げるのが普通だろ！」

蒼甫先輩は興奮しているのか、怒りが収まらないみたいで。

「気が強いにも程があるぞ。マジで怒るからな」

なんて言いながら、すでに目一杯本気で怒っている。

「そんな大きな声で叫ばなくても。頭が痛むじゃないですか」

確かにあの時の行動は軽率だったかもしれないけれど、今ここで怒鳴り散らさなくてもいいのに……。

蒼甫先輩のバカ。

頭の痛みだけじゃなく、心まで痛くなってしまう。

「頼むから、もう二度とあんな無茶な真似《まね》はしないでくれ……」

「え？」

蒼甫先輩は顔を伏せ、私の右手を痛いくらい握りしめる。

「俺の前で意識を失ったりするのは、もうやめてくれないか……」

大きな身体を震わせ、普段は絶対に泣かない蒼甫先輩が、苦しい感情に耐えかねて泣いているように見えた。

途端にさっきまで自分が考えていた思いが、身勝手なものだったと反省する。

心の中でバカって言ったのは撤回。

だってもしこれが逆の立場だったら、きっと私だって同じように怒ったと思うから。

「ごめんなさい」

そうポツリと呟くと、蒼甫先輩の身体の震えが止まる。

「……悪い、言いすぎた」

そんなふうに素直に謝られたら、なんだか調子が狂う。蒼甫先輩はいつだって傲慢で、上から目線な態度が似合うんだから。

「蒼甫先輩が低姿勢なんて、なんかしっくりこないです」

「俺だって、悪いと思ったら謝る。何より、椛に嫌われたくないしな」

「私が蒼甫先輩を嫌う？　そんなこと、絶対にあるわけないじゃないですか」

この世の中に、絶対なものなんてひとつもない。

今までずっとそう思ってきたのに、今はその〝絶対〟が、いとも簡単に口からこぼれ落ちた。

どうしてかと問われても、明確な答えはわからない。けれどひとつだけハッキリしていること、それは……。

蒼甫先輩のことを、誰よりも愛してる――。

蒼甫先輩だから。蒼甫先輩が誰よりも大切で、愛しい存在だから……。

「先輩、怪我しませんでしたか？　あ！　溝口さんの披露宴は？」

素直な気持ちを口にしただけなのに、蒼甫先輩はなぜかまた怒った表情を見せた。

「ああ、何もかも全部大丈夫だ。それより、お前だろ。女が傷ものになって、嫁にいけなくなったらどうするつもりだ？」

え？　どうするも何も……。

「私、嫁にいけないんでしょうか?」

期待を込めた目で、蒼甫先輩を見つめる。

「あぁ、その、なんだ。まあ、嫁にはいけるか、うん……」

いつも強気な蒼甫先輩にしては、歯切れの悪いこと。

先輩はきっと言葉の綾《あや》で言っただけだろうに、私も大概《たいがい》、意地の悪い女だ。

「冗談ですよ、冗談」

「はあ!? 冗談だと?」

蒼甫先輩の眉が、ピクッと上がる。

え? あれ? 私、何か彼の機嫌を損ねるような地雷を踏んだ?

そろっと手を引っ込めて掛け布団をつかむと、それを頭からすっぽりと被る。

また何か文句を言われるに違いないとかまえていたのに、蒼甫先輩は何も言ってこない?

少しだけ布団をめくり、そこから蒼甫先輩を窺うと、何かを我慢しているような姿が見えた。

「蒼甫、先輩?」

どこか痛いんだろうか、心配になって彼の名を呼ぶ。

「……ったく、どうしてお前は病室で、しかもなんで脳震盪《のうしんとう》起こして寝てんだよ！　これじゃあ何もできない」

「ど、どういう意味ですか、それ？」

どうやら身体に異常はないみたいだけれど、先輩の言ってることがちんぷんかんぷんで、さっぱりわからない。嫁にいく話と、何か関係しているのだろうか。

「抱けない……」

「は？」

「椛を抱きしめたいのに抱けない。なんなら今すぐ身ぐるみを剥《は》がして、襲いたいくらいだ」

「な、な、なんてことを言うんですか！　病院内で不謹慎《ふきんしん》です！」

いきなり何を言いだすかと思ったら、どうしてそういうことを平気で言うんだろう。個室だからよかったものの、いつ看護師さんが入ってくるかも、わからない状況だというのに……。

恥ずかしさから全身が熱くなり、血液まで沸騰《ふっとう》したのか頭がズキンと痛む。

「あ、いったぃ……」

頭を両手で押さえ、うずくまる。

「椛! 大丈夫かっ?」

蒼甫先輩が慌てて椅子から腰を上げると、心配そうに私の顔を覗き込む。

「そんな心配するくらいなら、変なこと言わないでください」

「変なことなんてひと言も言ってない。椛のことが好きだから抱きたい、それのどこが変なことなんだ?」

「うっ、それは、その……」

逆に質問されて、言葉に詰まってしまう。

そんな私を見て蒼甫先輩は、ククッと楽しそうに笑った。

蒼甫先輩、あなたって人は……。

傲慢といえばいいのか、素直といえばいいのか。先輩からの愛情表現はストレートすぎて、ほんとにもう、笑うしかない。

「私も蒼甫先輩のことが好きですよ。家に戻ったら、その時はいっぱい抱いてくださいね」

いつもなら歯の浮くような恥ずかしい言葉でも、今なら蒼甫先輩に負けないくらい素直な気持ちで言うことができる。

私だって、今、目の前で少し驚いたような顔をしている先輩が、誰よりも好きなんだから……。

手を伸ばすと、蒼甫先輩はすぐにその手を包み込むように握りしめ、身体を屈《かが》めて顔を近づける。額がくっついたかと思うと、そのまま唇が重なった。

「今日はこれで我慢する」

もう一度触れると、心の底から幸せな気持ちが湧き起こる。

蒼甫先輩を離したくない――。

改めてそう思う、優しい時間だった。

比翼連理？

「万全だと思っていたが、セキュリティーも強化しないといけないな」

「そうですね。あんな場面に出くわすのは、二度とごめんですから」

今でも、溝口さんに近づいた男に立ちはだかった場面を思い出すと頭が疼く。彼女を守るためだったとはいえ、あまりに浅はかだったと反省しきり。

脳震盪と打撲《だぼく》。かなり強く打ったらしく、検査だのなんだので病院で三日間お世話になり、退院後は矢嶌邸で療養すること合わせて一週間。

その間、蒼甫先輩は忙しい時間の合間を縫《ぬ》って、甲斐甲斐しく私の世話をしてくれ、そのおかげで体調はみるみるうちに回復していった。

本格的な仕事はまだだが、職場にも復帰。ずっと気になっていた溝口さんの披露宴のことを蒼甫先輩に聞いても、『そのことは気にするな』の一点張り。

でも実は『あの日の挙式披露宴のMCは、副社長が全部引き継いで完璧にやってくれたのよ』と麻奈美から聞いて、さすがだと思う反面、情けなくなってしまった。

雅苑の長い廊下を歩きながら思わずため息をつくと、それに気づいた蒼甫先輩が足を止めた。

「どうした？　つらいか？　なんなら、あっちに戻ってもいいぞ」

あっちとは、雅苑の裏にある矢嶌邸のこと。

蒼甫先輩は私に何かあるたびにひどく心配するから、こんなことを言ってはなんだけれど、少々息苦しい。

もちろんそれが、蒼甫先輩の私に対する愛情だということはよくわかっている。わかってはいるけど、ここまでされると、どうにも子供扱いされているみたいで面白くない。

『目の前で恋人が倒れて意識を失ったんだよ？　心配するなってほうが難しいと思わない？』

麻奈美は電話でそう言っていたけれど……。

「だからって、少し干渉しすぎだと思うけど」

「ん？　何か言ったか？」

私の前を歩いている、蒼甫先輩が振り向く。

「いや、いや、いや！　なんにも言ってません」

危ない。つい声に出してしまった。

資料を抱え、蒼甫先輩の隣に並ぶ。

しばらくふたりで廊下を歩いていると、階段を上がってきた麻奈美とばったり遭遇する。

「副社長、お疲れさまです。その後、椛の調子はどうですか？」

「お疲れ。そうだな、もう少しってとこか。じきに本格的な仕事復帰もできるだろうが、それまでよろしく頼む」

「わかりました。じゃあ」

そう言ってニッコリ微笑むと、麻奈美は私の横を通り過ぎようとする。

「……って、何がじゃあよ。目の前に私がいるのが見えない？　なんで私のことを蒼甫先輩に聞くの？　それってなんかおかしくない？」

麻奈美の腕をつかみ、グイッと詰め寄る。

「なんでって、簡単なことよ。椛に聞いたってバカのひとつ覚えみたいに、大丈夫しか言わないじゃない。私はあんたに無理して仕事をしてほしくないわけ。そしてそれは副社長も同じ。だから、椛の管理をしてる副社長に聞いたの。わかった？」

「管理って……」

さすが、麻奈美。よくもまあ次から次へと、言葉が出てくるもんだ。

でも麻奈美の言ってることは、何ひとつ間違っていない。負けん気の強い私は、ついなんでもできると思い、『大丈夫』が口グセみたいになっていた。

「こんな時しかのんびりできないんだから、ちゃんと副社長の言うこと聞いて、おとなしくしてなさい」

「はい……」

叱られた子供のようにシュンと肩を落とすと、蒼甫先輩が私の頭にポンと優しく手を置いた。

「椛も遠山さんの前だと形無しだな。でも彼女の言う通り、今は体調最優先だ」

今の私には、蒼甫先輩のその言葉に頷くことしかできなかった。


「里中さん、ちょっといい？」

「はい」

新見さんに呼ばれて席を立ち、パソコンと睨めっこしている彼女のもとへ向かう。

「池田《いけだ》様と藤崎《ふじさき》様の進行表って、もう出来上がってるかしら？」

「あ、それなら、明日最新のものがこちらに届くと思います。新見さん、今回はすみませんでした。何件もお願いしてしまって」

私が直近で受け持つはずだった仕事は、何人かの司会者に変わってもらうことになった。その中でも新見さんは『年末助けてもらったお礼よ』と言ってくれて、数件受け持ってもらっている。

「何しおらしいこと言ってんの。持ちつ持たれつ、助け合いの精神でしょ？　すみませんって思うなら、早く元気になりなさい」

そう言って新見さんは、私の肩をトンと小突いた。

「いたっ……」

「あなたは雅苑にとって、なくてはならない人なの。わかった？」

立ち上がった新見さんはパチンとウインクしてみせると、スタッフルームを出ていった。

「雅苑にとって、なくてはならない人……」

その言葉に、心が突き動かされる。

私も早く、現場に立ちたい。そう思わない日は一日だってない。

けれど蒼甫先輩は……。

席に戻り、閉じてあったパソコンを開く。電源を立ち上げると、蒼甫先輩から来ていたメールにもう一度目を通す。そこには、私の今後の仕事についての提案が書かれていた。

【職場でも俺の右腕にならないか――】

その一文が、目に焼きついて離れない。

噛み砕いて言えば、経営に携わるような役職に就いて、一緒に仕事をしてもらいたい、ということらしい。

どうして急にそんな話をしてくるのか最初は不思議だったけれど、きっとこの前の事件がきっかけなんだと思う。でもいきなり経営に携わるとか、意味がわからない。

いくら同じ雅苑の仕事でも、畑違いというもの。

「これは一度、話し合いをする必要ありだよね？」

あの蒼甫先輩のことだ。説得するのはひと筋縄ではいかないだろうけど、私にだって言いたいことはある。

蒼甫先輩、今晩は早く上がれるって言っていたし。

久しぶりに矢嶌邸でのんびり夕ご飯でも食べながら、穏やかに話をしたい……なんて。そんなにうまく、事は運ばないと思うけれど。

自分の今の、正直な気持ちを伝えたい――。

パソコンを閉じデスクの上を片づけると、いつもより重い足取りでスタッフルームを出た。

「椛！　仕事が終わったら迎えに行くって言ったのに、なんで先に帰ってるんだよ！」

バンッと玄関のドアが開く音が響くと、蒼甫先輩の大声がダイニングへと近づいてくる。

あ、すっかり忘れてた……。

話の流れでそんなようなことを言っていたような気がするが、ちゃんと約束していたわけじゃない。

そんな言い訳、蒼甫先輩に通用するはずないか。

「ちょっと、考え事をしていまして」

ダイニングに姿を現した蒼甫先輩へ、ボソッと告げる。

「考え事って何？　それって俺より大事なこと？　ちゃんと説明しろよ」

怖い上司よろしく偉そうに、ドカンとダイニングチェアに座る。人差し指でトントンとテーブルを叩くと、隣に座れと私を促した。

おっかない……。

目を合わせないようにして、蒼甫先輩の横にうつむきがちに座る。初めからのんびりと穏やかにとは程遠い状態じゃない……と、笑いそうになるのを必死にこらえた。

「言い訳は聞かない。事実だけを言えよ」

蒼甫先輩はハァーと息を吐くと腕を組み、私の出方を待っているように見える。

「怒らないで聞いてくれますか？」

「怒るか怒らないかは、話を聞かないとわからない」

「ですね」

相変わらずの反応に、私も小さくため息をついた。

「今日のメールの件です」

「メール？　ああ、あれか。それがどうした？」

他人が見たら顔色ひとつ変えていないように見えるかもしれないけれど、私は蒼甫先輩の眉がピクリと動くのを見逃さなかった。

『それがどうした？』なんて、わざとらしい――。

でもだからといって、過敏な反応を見せるほど私もバカじゃない。

ここは穏便に冷静に。そう思っていたのに……。

「意味が……意味がわかりませんっ！」

口が勝手に、語尾を強めてしまう。

「意味？　メールの内容通りだ」

「それがわからないと言ってるんです！　私が経営に携わるような役職にって、急にそんな話おかしくないですか？」

「そうか？　俺はそうは思わないけどな」

淡々と話をする蒼甫先輩に、私の心の中は得も言われぬ感情が爆発寸前で。

「そうは思わない？　じゃあ、どう思ってるの？　ちゃんと説明してくれないと、私はバカだからわからない！」

敬語を使うことさえ忘れてしまっていた。

「私から……私からMCの仕事を奪わないで……」

爆発しそうな激しい感情は、私の瞳から涙を溢れさせ、見られまいと両手で顔を覆い隠した。

こういう時に泣くのは、弱さをひけらかしているようで嫌いだった。でも普段ならコントロールできる感情を、今の私にはどうすることもできない。

「椛……」

蒼甫先輩の優しく、それでいて困ったような声が耳に届く。ひくひくとしゃくり上げながら、ゆっくりと顔を上げると、蒼甫先輩が柔和な瞳で私を見つめている。

「そんな目で見ないでよ」

顔を背けると、フッと含み笑いをした蒼甫先輩が私の右腕をつかみ、そのまま引っ張り上げ自身の膝の上へと座らせた。

「キャッ」

バランスを崩し、蒼甫先輩を抱きしめるようにつかまる。

「お、積極的」

「ち、違うし。っていうか、蒼甫先輩が急に引っ張るから」

「じゃあ離れる？」

蒼甫先輩が人の悪い笑みを浮かべ私を見上げた。膝に座っているから必然的にそうなるわけで、いつもと逆の、目線が高い状態に少し落ち着かない。

「離れない、けど……」

私の心を読んで、そんなことを言う蒼甫先輩はズルい。

右手で蒼甫先輩の頬をひねって、「バカ」と言い放つ。

「お前だけだよ、俺をバカ呼ばわりするのは」

バカと罵ったのに大笑いしている蒼甫先輩を見て、身体の力が抜けそうになる。けれど私は、攻撃の手を緩めない。

「そんなの当たり前でしょ。私だけの特権よ」

「敬語、使わないんだな」

「同等な立場で話してみたくなった、って言ったら怒る？」

蒼甫先輩を見下げて、挑戦的な態度の私。だけど、蒼甫先輩は満足そうな笑みを浮かべ、私の髪をかき上げると優しく頬に触れた。

「それでいい。俺はもう、お前の先輩じゃない」

待ちかねたように近づいてくる蒼甫先輩の唇に、ゆっくりと唇を重ねる。

「ねえ、蒼甫先輩……」

「先輩じゃないって言っただろ、蒼甫って呼べよ」

間近にある形のいい唇が、吐息混じりに命令する。

「……蒼甫。どうして、あんなメールしてきたの？」

名前を呼ぶことを素直に聞き入れれば、照れくささに顔が火照りだし、少しだけ身体を離した。

「桃は人一倍責任感が強いからな。またあんな目に遭うんじゃないかと心配になる」

蒼甫はそう言って、もう一度私の身体を優しく抱き寄せる。そのまま身を任せると、胸元に顔を寄せた彼が、ため息混じりに情けない声を出した。

「あぁ〜もう！　ダメだよな、俺。椛は子供じゃないってわかってるのに、目の届くところに置いておきたいと思ってしまう。大切すぎて、俺という箱の中に閉じ込めておきたくなるんだ。これってヤバいよな？　病んでるのか？」

蒼甫って、こんなこと言う人だった？

自問自答している姿が可愛くて、クスクスと笑いが込み上げる。

「蒼甫は病んでないし、ヤバくもない。蒼甫のその気持ちには本当に感謝してるし、ありがたいと思ってる。でも……」

急に熱い感情が込み上げてきて、言葉に詰まってしまう。

「大丈夫だ、落ち着け。ゆっくりでいいぞ」

優しい言葉とともに、蒼甫の大きな手が私の背中を擦る。

いつもの傲慢さはどこにもない。幸せだけが私を包み込み、蒼甫の手のひらの温かさに速くなっていた鼓動は落ち着きを取り戻す。

「でも私はやっぱりMCの仕事が大好きなの。新郎新婦、ご両親、ゲスト、それぞれの気持ちを言葉で結ぶことができるのはMCの私だけ。私はまだ、新郎新婦が幸せになる手伝いを、MCとしてやっていきたい。そう思うのは、ワガママなこと？」

そう力説すると、右腕で蒼甫を抱きしめ、そっとお伺いを立てた。

「いや、ワガママなんかじゃない。椛は間違ったことは、何ひとつ言ってない。実はここに帰る少し前に、俺が間違っていたことを痛感したよ」

帰る少し前に痛感？　それって、なんのこと？

ぴったりくっつけていた身体を少し離し、小首を傾げて蒼甫を見つめた。

「森さんご夫妻が、さっき雅苑へ来たんだ」

「森さんご夫妻って、溝口梨加さん？」

興奮ぎみに聞き返すと、蒼甫に「落ち着け」と肩を叩かれた。

そう言われても、溝口さんのこととなれば、落ち着いていられるはずがない。

ずっと気になっていた。

あんなことが起こらなければ、私がちゃんとMCをすることができたのに……。

申し訳ない気持ちが、胸いっぱいに広がって苦しくなる。

「椛が悪いわけじゃない。そんな顔するな」

「わかってはいるけど、そう簡単には……」

あとから知った話だけれど、私を突き飛ばした男は、溝口さんにずっとつきまとっていたそうだ。

結婚間近の彼女はこのことを誰にも話せず、ひとり悩んでいた。でも年が明けてパタッと姿を現さなくなったから、諦めてくれたんだとホッとしていたところ、結婚式当日、突然姿を現した——というわけだった。

「ふたりは仲良くしてる？」

「それはもう仲睦《むつ》まじくて、こっちが恥ずかしくなるくらいだよ。ただ彼女のほうが、椛のことをかなり心配しててさ。自分が悩んでいることを椛にちゃんと話しておけば、あんなことはならなかったんじゃないかって、自責の念にかられているようだった」

「そんな……」

自分を責める必要なんてないのに……。

自分の力の足りなさに、気持ちの落ち込みはひどくなるばかり。

「でも被害届を出して、あの男のことは一件落着したらしいし、椛が身体を張って助けてくれたことにすごく感謝してたぞ」

「そう……」

それはいい知らせだし、素直に嬉しい。でもやっぱり……。

「ふたりの結婚式のＭＣ、したかったなぁ」

小さな声でボソッと呟くと、蒼甫が私の腰の辺りを撫でた。

「まあ、そう言うな。あのふたりの結婚式には、椛も力を入れていたからその気持ちもわからなくもないが、もう終わったことだ」

「わかってる」

「でもひとつ、朗報もある」

「朗報？」

「実は、椛が受け持つはずだった何組かの新郎新婦が、なんとかお前のMCでお願いできないかって言っているらしい。せっかく椛の仕事を減らそうと思って、ほかのMCにお願いしたのにって、遠山さんが困ってたぞ」

「そんなこと……。麻奈美から、なんにも聞いてない」

「彼女も大変だよな。お前のことは休ませてやりたい。でもMCとしては、早く復帰してほしい。複雑な感情の板挟みだ」

困ったよなと笑っている蒼甫の顔は、私に何かを語っているようで。

「それって、早く復帰しろって言ってる？」

「それを俺の口から言えと？　俺だって椛のことでは、多くの感情と闘っているんだ」

「多くの感情……」

それは仕事のこと？　それともプライベートなこと？

聞きたいような、聞きたくないような……。

蒼甫の目が艶《つや》を帯び始めているように感じるのは、涙で潤んだ瞳で見ているせい？　身の危険を感じて蒼甫から腰を引こうと試みるが、ガッチリつかまれていて動くことができない。

「もう家にいるんだし、頭のほうも大丈夫だろ？」

蒼甫はそう言うと、私の背中をそろりと撫でる。

「あ、でも……」

「先生も言ってなかったか？　激しい運動じゃなければ、普通に過ごしていいって」

確かにこの前の診察で、先生はそう言っていたけれど……。

嫌な予感がする。

「でもまだちょっと、頭が痛むことあるし……」

そう言っても、上目遣いに見る蒼甫の目は、何かを期待しているように艶らしげに揺らめいている。

「とりあえず、風呂にでも入るか」

「え？」

こんな雰囲気になった時、いつもの蒼甫なら……と思っていたけれど、私の早合点だったみたい。

蒼甫の膝の上から立ち上がり、彼から一歩離れようとした私の腕が、大きな手につかまれる。

「お先にどうぞ」

「お先にって、どういうことだよ。ふたりで入るに決まってるだろ」

蒼甫は当たり前だと言うようにニヤリと笑い、私の身体を軽々と抱き上げる。

お姫様抱っこは初めてじゃないけれど、その高さに「キャッ!」と声をあげて蒼甫の身体に抱きついた。

「その気になったのか?」

「その気も何も、いきなり抱き上げられたら普通驚くでしょ? 蒼甫はどうしていつも、そう自分勝手なの⁉」

「相手が椛だからだろうな」

なんの迷いもなく、さも当たり前のようにそう言い放ち、「だから仕方がない」と高笑いする蒼甫を見て諦める。

だってそれは、蒼甫の愛情表現だってわかるから。

見つめられただけで心は蕩《とろ》けてしまい、こめかみに甘いキスを落とされたら、何も抗《あらが》えなくなる。

もう、好きにして――。

蒼甫へとクタッと身を任せれば、彼は鼻歌交じりに、軽快な足取りでバスルームへと歩きだした。

「何がそんなに楽しいのやら……」

小さく呟いた言葉は、ふわっと空気を伝わって蒼甫の耳に届いてしまったらしい。

「椛を抱けるんだ、楽しいに決まってるだろ」

何もかも許せてしまうようなとびきりの笑顔と、相変わらずのストレートなセリフにクラクラッとする。

「抱けるって……。そんな露骨に言わなくても」

「回りくどい言い方は好きじゃないんだ。欲しいものは欲しい、抱きたいものは抱きたい。俺は今、椛が欲しいし抱きたくてたまらない」

蒼甫はそう言ってバスルームで私をそっと下ろし、自分の服をパパッと脱ぎ捨てた。

え？　え？　えぇっ⁉

あっという間に全裸になって、私の前に立ちはだかる。

そんな偉そうに立たれても……。

蒼甫からパッと顔を背けても、その顔を両手で挟まれ、もとの位置に戻された。

「さっさと脱ぐ！」

上着の裾から手を差し込み、ぐぐっとたくし上げると、あっという間に服を脱がされてしまう。

嘘でしょ。自分で脱ぐより早いんじゃない？

されるがままになっている私をよそに、その後も手際よく服を剥ぎ取っていき、私がポカンとしている間に、何ひとつまとわない姿にしてしまった。

「今さら隠す必要もないんじゃない？」

両手であちらこちらを隠そうとする私を見て、蒼甫はクスクス笑っている。

そう言われても……。

久しぶりのことだし、こればかりはいつまで経っても慣れない。ベッドの上ならまだしも、どうしても恥ずかしさが上回り、蒼甫の視線ばかりが気になってしまう。

「ほら、あまり動いてなかったし、ちょっと太ったかも」

自嘲ぎみに笑ってみせても、蒼甫は何食わぬ顔をして、

「へえ、そうなの？」

と、ひょいと私を抱き上げてしまう。

「文句言うなよ。大丈夫だ、優しくする」

そうして私と蒼甫の、長い夜が始まった。

それから二ヵ月経った、桜満開の春本番の頃。

ガラス張りの窓から自然光が美しく差し込み、大きなシャンデリアが煌《きら》めくエレガントなバンケットで、結婚披露宴が始まろうとしていた。

隣接しているオープンキッチンからは、いい香りが漂ってきている。

いつもより着飾った私は、前室で椅子に座り、緊張した面持ちでいた。

といっても、私の結婚式ではない。

当たり前か——。

なぜかおかしくて込み上げた笑いを、フッと漏らす。

「ところで麻奈美、どうして私も着飾る必要があるわけ？」

今日の私は新婦とまではいかないものの、いつもの黒やグレーの服装からは程遠い、綺麗な格好をさせられている。

「秘密」

そう。今日は、何かを企んでいる悪友、麻奈美の結婚披露宴。

平日にもかかわらず、多くのゲストが参加する披露宴に、心が弾んでいるというのに、自分の格好を見ると少しばかりテンションが下がってしまう。

「何、考えてるのよ」

唇を尖らす私を見て、麻奈美が肩をすくめた。

「いいから、黙って私の言う通りにして」

今日の私の格好は普段MCでは絶対に着ることのない、淡いピンクの春色ワンピースと、それに合わせたヒールパンプス。小花のモチーフのネックレスとピアスはお揃いで、可愛らしくて華やかなのだが……。

私は麻奈美の披露宴のMCをする身。いくら親友だからといって、こんな格好はマズいでしょ？

そう麻奈美に言ったら「副社長から許可が出てる」なんて、驚きの言葉が飛び出したのだ。

なんでここで、蒼甫が出てくるわけ？

思わず首を傾げてしまう。

華やかな披露宴は、つつがなく進んでいる。

お色直しが終わり、麻奈美と誠くんが会場に戻ってくる。マジックキャンドルでのキャンドルサービスや友人たちのスピーチ・余興も終わり、ご両親への花束贈呈、新郎の謝辞と進み、最後に麻奈美へとマイクが回された。

え？　なんで麻奈美にマイクが渡されるの？　そんなの進行表にないんだけど……。

手元の進行表をペラペラとめくり確認してみても、どこにもそんなことは書かれていない。どうしようかと顔を上げると、私を見てニコリと笑った麻奈美が、列席者に向かって話し始めた。

「本日は平日にもかかわらず、こんなにも大勢の方にお越しいただき、本当にありがとうございました。雅苑で結婚式が挙げられて、親友の椛にMCをしてもらえて、本当に幸せです」

誠くんと麻奈美が深々と頭を下げ、会場が静まり返る。

麻奈美……。

ふたりの幸せそうな笑顔に、胸がいっぱいになる。

どんなことがあっても、MCは取り乱してはいけない。もちろん、泣くなんてもってのほかだ。

下唇を噛み、込み上げそうになる涙を必死にこらえる。

すると、いつの間にか近くに来ていた麻奈美が、私の肩にそっと触れた。

「椛、顔を上げて。今日は雅苑の協力とあなたのおかげで、こんなに素敵な披露宴をすることができました」

「私は何も……」

お礼を言わなきゃいけないのは私のほうだ。披露宴のMCを私に任せてくれた。それが、どんなに嬉しかったことか。こらえきれなくなった涙が、ひと筋頬を伝う。

「そこで今日は椛に、私たちからプレゼントがあります」

え？　何？　私にプレゼントって……。

さっきから進行表にないことばかり起きて、頭がうまく回らない。

その時、会場内に聞き覚えのある音楽が流れ始めた。

この曲って――。

この前、蒼甫と温泉に出かけた時、車の中でかかっていた曲だ。でもなんで、ここでこの音楽が流れるの？

わけがわからない私は、辺りをキョロキョロと見渡した。するといつの間にか会場内には、雅苑の従業員が集まってきている。

な、何が始まるの？

溢れた涙はピタッと止まり、何が起こったのかと立ち尽くす。

あれ、あそこに立ってるのは……麻奈美？

いつの間に移動したのか、会場の出入口のドアに手をかけて微笑んでいる麻奈美が目に入る。

そんなところで何してるのよ！

口パクで話しかけるが、とぼけた顔をしているだけで応答がない。

麻奈美が用意したこの服、突然始まったわけのわからない余興。

どうやらこれは、最初から仕組まれていたようだ――。

そうとわかっても、今さらどうすることもできないけれど。

もうこうなったら、なるようになるだけ。どんなことが起こっても、ＭＣを何年も続けてきた私ならどうにかなる！

あまり根拠のない自信に大きく深呼吸すると、同時に会場内が暗くなり、出入口のドアにスポットライトが当たる。

何？　誰か来るの？

胸を押さえ、ドアが開くのを待つ。

そして音楽がサビの部分に入ったその時、ドアが開いた先に立っていたのは――。

「……そう、すけ……」

タキシードを素敵に着こなした蒼甫が、真っ赤なバラの花束を抱えて立っている。

なんですか、これは？と麻奈美を見ると、「ここに立って」と前へと促されてしまった。

「え。で、でも……」

MCとして人前に立つことに慣れていても、主役になって注目されることには慣れていない。

何が起こっているのかいまだにわからない緊張感で足は震え、どんどん速くなっていく鼓動に息が苦しい。

伏し目がちだった目を上げると、不敵な笑みをたたえて歩いてくる蒼甫と目が合って、嫌な予感しかしない私はめまいを起こしそうだ。

周りを見れば、ゲストも雅苑の従業員もこのことを知っているのか、皆笑顔で拍手をしている。

ハメられた——。

式が始まる前に麻奈美が『副社長から許可が出てる』と言っていたし、これはきっと蒼甫の仕業に違いない。

そう思った私はキッと蒼甫を睨みつけ、唇を真一文字《まいちもんじ》に結んで腕を組む。

「一体これは、どういうこと？」

そばに来た蒼甫に、小声で話しかける。

「うるさい、黙れ」

久しぶりに聞くセリフに、ビクッと身体までも震える。押し黙る私を確認すると、蒼甫がマイクを持って話しだした。

「ご両家の皆さま。本日は誠に、おめでとうございます。私は当雅苑の副社長をしております、矢嶌蒼甫と申します」

蒼甫が頭を下げると同時に、私も一緒に頭を下げると大きな拍手が起こった。

まさか、自分の紹介のために出てきたわけじゃないよね？

そう思っていても、次に何が起こるのかわからない私は、どうにもこうにも落ち着かない。

「先日新婦の麻奈美さんから、同僚である里中に何かプレゼントをしたいという話を聞き、新郎の誠さんを交え、三人で話をいたしました。その時、私の話を聞いた麻奈美さんがある提案を持ちかけてくださり、本日このような場を設けさせていただくことになりました」

さすがは蒼甫。今は副社長だけど、MCの腕前も確かなもので、話し方が滑らかで美しい。

その立ち居振る舞いに、目を奪われる。

……って私、こんな時に何考えてるの。蒼甫の流暢《りゅうちょう》な司会ぶりに、感心している場合じゃない。

麻奈美からの提案って何？

蒼甫がどんな話をしたのかわからないけれど、麻奈美が提案したのなら、不安しかない。

気持ちを落ち着かせるため深呼吸をひとつして、蒼甫の横顔を見つめた。

「おふたりの披露宴の場ではありますが、少々お時間いただくことをお許しください」

そう言った蒼甫が、パッと私のほうを向く。

その顔がいつになく素敵で、ドキリと心臓が大きく跳ねる。一瞬でその熱い瞳に吸い込まれ、周りが見えなくなってしまった。

「麻奈美さんからのプレゼントは、今日のこの時間と、俺と椛の未来永劫の時間だ」

「未来永劫？」

さっぱりわからない。

未来永劫とは、これから先の未来に亘《わた》る長い年月。いついつまでも——という意味だったたか。

いついつまでも……それってもしかして、プロポーズ？

ひとつの言葉が脳裏に浮かび、半信半疑ながらも驚き、目をあちらこちらへと泳がせる。

ほんとに？　いや、まさかね。

頭の中で思いを巡らせていると、コツンと額を小突かれる。

「ひとり妄想を膨らませているところを悪いが、ちゃんと聞いてほしい」

手に持っていたマイクを近くにいたスタッフに渡してから、蒼甫は深く息を吐き、真剣な表情を見せる。彼の熱い視線に見惚れていると、薄い唇がゆっくりと動きだす。

「椛と知り合って、そろそろ十年経つか。長い付き合いになったな」

本当に——。

蒼甫の言葉に、こくんと頷く。

「後輩から部下になって、今は俺の可愛い恋人になった」

可愛いって——。

照れながらうつむき、顔の火照りを手うちわで冷ます。

「この次は妻となって、ワガママで勝手な俺のことを支えてもらいたい」

妻……やっぱり、これって……。

ゆっくりと顔を上げ、蒼甫を見つめる。

「椛、俺と結婚してください」

真っ赤な大きな花束にシンプルなプロポーズの言葉。蒼甫らしいと笑みが溢れる。

「何もできないけど、ほんとに私でいいの？」

「何もかも知ったうえで、椛じゃなきゃダメなんだ」

頬に片手が添えられて、そのまま身体を引き寄せられる。

蒼甫は柔らかく、それでいて熱い眼差しで見つめながら、顔を傾け近づいてきて、
唇を重ねる。それを受け入れると、彼の身体に腕を回してキュッと抱きしめた。

「返事は？　まあ聞くまでもないけどな」

「ふふ、何それ。じゃあ言わなくてもいい？」

「いや、やっぱり聞かせろ」

聞かせろって……。

こんな時まで傲慢な態度に、正直呆れてしまう。

でもそれが蒼甫で、そうでなくっちゃ蒼甫じゃない。

そして私の返事は……。

「私でよければ、よろしくお願いします」

止まっていた涙が再び瞳にたまりだし、瞼《まぶた》を閉じると、それが一気に溢れ出した。

「俺が世界で一番幸せな女にしてやるからな、覚悟しておけよ」

耳元で甘く囁かれた言葉は、世界で一番恐ろしい言葉でもあって。

覚悟って、どんな覚悟なのよ！と嬉し涙を流しながら、心の中で文句を言ってしまった。

でも、蒼甫とはこんな関係が一番楽しいと思ってしまう私は、相当彼に毒されているらしい。

「椛、おめでとう！」

麻奈美の祝福の声が合図となって、会場がわあっと喜びの渦《うず》に包まれる。

「え？　あ……」

そうだった、ここは雅苑のバンケットだった……。

恥ずかしさから真っ赤になってうつむく私の肩を、蒼甫が優しく包み込む。

「顔を上げてみろ」

蒼甫の声が耳に入りゆっくり顔を上げると、その場にいる全員が嬉しそうな顔で、拍手をしてくれているのが目に入った。

「皆が私たちを祝福して、くれてる?」

「ああ。こんな大勢の人たちに祝ってもらってるんだ。幸せにならなきゃな」

そう言って蒼甫が、私の肩を抱く腕に力を込めた。

「そうよ。ここにいる人全員が、立会人だからね」

麻奈美がそう告げると、会場内が、なお一層大きな拍手に包まれた。

大きな窓の外には、雲ひとつない空が広がっている。

これからの蒼甫との生活は、山あり谷あり。こんな天気の日もあれば、ザーザーの雨降りの日もあるだろう。

それでも彼の隣でずっと添い遂げる幸せな未来が見えるのは、彼からの大きな愛情をどんな時も感じられるから。

蒼甫は、いつだって蒼甫で。どんなことがあっても変わることのない信念を持った彼だからこそ、私は好きになったんだと思う。

蒼甫だから私は本当の恋を見つけ、本物の恋をした。

「幸せになろうね、蒼甫」

彼の大きな手を、そっと握りしめる。

未来永劫。ずっと、いついつまでも――。

HAPPY END

あとがき

初めましての方も、お久しぶりの方も、こんにちは。日向野ジュンです。『極上御曹司のイジワルな溺愛』が、こうやって書籍というかたちで皆さまにお届けすることができました。このような機会を与えられたこと、本当に嬉しく思います。

実はこの作品には、ブライダルMCを生業としている十五年来の友人Sさんというモデルがいます。彼女からいろいろ話を聞いてるうちに『結婚式場が舞台。それも、ブライダルMCが主人公の小説を書きたいなぁ……』と妄想が膨らみ、彼女に取材をしながらこの作品は出来上がりました。

だからといってはなんですが、書くのはとても楽しく、キーボードを打つ手を速めてくれました。主人公の桃と友人Sさんが可愛いという共通点も、そうさせた一因なのかもしれないです（笑）。Sさん、ありがとう。

そしてヒーローの蒼甫。傲慢だけどそれだけではない、強さの中に弱さも持ち合わせていたから、私の中の愛されキャラ上位に君臨です！　皆さんは、どうでしたか？

昨年、約二年ぶりに執筆活動を再開し、長編完結作としては二作目のこの作品。やっぱり自分は恋愛小説を書くことが好きなんだと思わせてくれた作品を、こうやって世に送り出すことができ、喜びもひとしおです。

書籍化にあたり編集を担当してくださった説話社の加藤さん、三好さん。スターツ出版の鶴嶋さん。柔らかく優しい素敵なイラストを描いてくださった北沢きょうさん。今作に携わってくださった多くの方々に感謝申し上げます。

そして何より、たくさんの書籍の中からこの本を手に取り読んでくださった読者の皆さま、本当にありがとうございました。

今後もガンガン書いていきたいと思います。よかったら、別の作品も読んでみてくださいね。お待ちしております。

ではまた、皆さまにお会いできる日を信じて……。

日向野《ひなたの》ジュン

日向野ジュン先生への
ファンレターのあて先

〒104-0031
東京都中央区京橋1-3-1
八重洲口大栄ビル7F
スターツ出版株式会社　書籍編集部　気付

日向野ジュン先生

本書へのご意見をお聞かせください

お買い上げいただき、ありがとうございます。
今後の編集の参考にさせていただきますので、
アンケートにお答えいただければ幸いです。

下記URLまたはQRコードから
アンケートページへお入りください。
https://www.berrys-cafe.jp/static/etc/bb

ベリーズ文庫

極上御曹司のイジワルな溺愛

2019年3月10日　初版第1刷発行

著　者　日向野ジュン
©Jun Hinatano 2019

発行人　松島 滋

デザイン　カバー　菅野涼子（説話社）
フォーマット　hive & co.,ltd.

校　正　株式会社　文字工房燦光

編　集　加藤ゆりの　三好技知（ともに説話社）

発行所　スターツ出版株式会社
〒104-0031
東京都中央区京橋1-3-1　八重洲口大栄ビル7F
出版マーケティンググループ　TEL　03-6202-0386
（ご注文等に関するお問い合わせ）
URL　https://starts-pub.jp/

印刷所　大日本印刷株式会社

Printed in Japan

ISBN 978-4-8137-0639-7　C0193

ベリーズ文庫 2019年3月発売

『お見合い婚　俺様外科医に嫁ぐことになりました』　紅《くれない》カオル・著

お弁当屋の看板娘・千花は、ある日父親から無理やりお見合いをさせられることに。相手はお店の常連で、近くの総合病院の御曹司である敏腕外科医の久城だった。千花の気持ちなどお構いなしに強引に結婚を進めた彼は、「5回キスするまでに、俺を好きにさせてやる」と色気たっぷりに宣戦布告をしてきて…

ISBN 978-4-8137-0637-3／定価：本体640円＋税

『次期家元は無垢な許嫁が愛しくてたまらない』　若菜《わかな》モモ・著

高名な陶芸家の孫娘・茉莉花は、実家を訪れた華道の次期家元・伊蕗と出会う。そこで祖父から、実はふたりは許婚だと知らされて…その場で結婚を快諾する伊蕗に驚くが、茉莉花も彼にひと目惚れ。交際0日でいきなり婚約期間がスタートする。甘い逢瀬を重ねるにつれ、茉莉花は彼の大人の余裕に陥落寸前…!?

ISBN 978-4-8137-0638-0／定価：本体640円＋税

『極上御曹司のイジワルな溺愛』　日向野《ひなたの》ジュン・著

仕事人間で彼氏なしの梳は、勤務中に貧血で倒れてしまう。そんな梳を介抱してくれたのは、イケメン副社長・矢嶌だった。そのまま彼の家で面倒を見てもらうことになり、まさかの同棲生活がスタート！　仕事に厳しく苦手なタイプだと思っていたけれど、「お前を俺のものにする」と甘く大胆に迫ってきて…!?

ISBN 978-4-8137-0639-7／定価：本体650円＋税

『愛育同居～エリート社長は年下妻を独占欲で染め上げたい～』　藍里《あいさと》まめ・著

下宿屋の娘・有紀子は祖父母が亡くなり、下宿を畳むことに。すると元・住人のイケメン紳士・桐島に「ここは僕が買う、その代わり毎日ご飯を作って」と交換条件で迫られ、まさかのふたり暮らしがスタート!?　しかも彼は有名製菓会社の御曹司だと判明！「もう遠慮しない」――突然の溺愛宣言に陥落寸前!?

ISBN 978-4-8137-0640-3／定価：本体630円＋税

『ベリーズ文庫 溺甘アンソロジー2 極上オフィスラブ』

「オフィスラブ」をテーマに、ベリーズ文庫人気作家のあさぎ千夜春、佐倉伊織、水守恵蓮、高田ちさき、白石さよが書き下ろす魅惑の溺甘アンソロジー！　御曹司、副社長、CEOなどハイスペック男子とオフィス内で繰り広げるとっておきの大人の極上ラブストーリー5作品を収録！

ISBN 978-4-8137-0641-0／定価：本体660円＋税

タイトル、価格等は変更になることがございますのでご了承ください。

ベリーズ文庫 2019年3月発売

『次期国王はウブな花嫁を底なしに愛したい』　真崎奈南《まさきなな》・著

小さな村で暮らすリリアは、ある日オルキスという美青年と親しくなり、王都に連れて行ってもらうことに。身分を隠していたが、彼は王太子だと知ったリリアは、自分はそばにいるべきではないと身を引く。しかしリリアに惹かれるオルキスが、「お前さえいればいい」と甘く迫ってきて…!?

ISBN 978-4-8137-0642-7／定価：本体630円＋税

『異世界平和はどうやら私の体重がカギのようです～転生王女のゆるゆる減量計画!～』　友野紅子《とものこうこ》・著

一国の王女に転生したマリーナは、モデルだった前世の反動で、食べるのが大好きなぽっちゃり美少女に成長。ところがある日、議会で王女の肥満が大問題に。このままでは王族を追放されてしまうマリーナは、鬼騎士団長のもとでダイエットを決意。ハイカロリーを封印し、ナイスバディを目指すことになるが…!?

ISBN 978-4-8137-0643-4／定価：本体640円＋税

『転生王女のまったりのんびり!?異世界レシピ』　雨宮《あまみや》れん・著

カフェを営む両親のもとに生まれ、絶対味覚をもつ転生王女・ヴィオラ。とある理由で人質としてオストヴァルト城で肩身の狭い暮らしをしていたが、ある日毒入りスープを見抜き、ヴィオラの味覚と料理の腕がイケメン皇子・リヒャルトの目に留まる。以来、ヴィオラが作る不思議な日本のお菓子は、みんなの心を動かして…!?　異世界クッキングファンタジー!

ISBN 978-4-8137-0644-1／定価：本体630円＋税

ベリーズ文庫 2019年4月発売予定

Now Printing

『俺に絶対に惚れないこと』 滝井《たきい》みらん・著

OLの楓は彼氏に浮気をされバーでやけ酒をしていると、偶然兄の親友である遥と出会う。酔いつぶれた楓は遥に介抱されて、そのまま体を重ねてしまう。翌朝、逃げるように帰った楓を待っていたのは、まさかのリストラ。家も追い出され心労で倒れた楓は、兄のお節介により社長である遥の家に居候することに…!?

ISBN 978-4-8137-0654-0／予価600円＋税

Now Printing

『スウィートなプロポーズをもう一度』 夢野美紗《ゆめのみさ》・著

OLの莉奈は彼氏にフラれ、ヤケになって行った高級ホテルのラウンジで容姿端麗な御曹司・剣持に出会う。「婚約者のフリをしてくれ」と言われ、強引に唇を奪われた莉奈は、彼を引っぱたいて逃げるが、後日新しい上司として彼が現れ、まさかの再会！　しかも酔った隙に、勝手に婚姻届まで提出されていて…!?

ISBN 978-4-8137-0655-7／予価600円＋税

Now Printing

『先輩12か月』 西《にし》ナナヲ・著

飲料メーカーで働くちえはエリート上司・山本航に密かに憧れている。ただの片思いだと思っていたのに「お前のこと、大事だと思ってる」と告げられ、他の男性と仲良くしていると、独占欲を露わにして嫉妬をしてくる山本。そんなある日、泥酔した山本に本能のままに抱きしめられ、キスをされてしまい…!?

ISBN 978-4-8137-0656-4／予価600円＋税

Now Printing

『俺様ドクターと極上な政略結婚』 未華空央《みはなそらお》・著

家を飛び出しクリーンスタッフとして働く令嬢・沙帆は、親に無理やり勧められ『鷹取総合病院』次期院長・鷹取と形だけのお見合い結婚をすることに。女癖の悪い医者にトラウマをもつ沙帆は、鷹取を信用できずにいたが、一緒に暮らすうち、俺様でありながらも、優しく紳士な鷹取に次第に惹かれていって…!?

ISBN 978-4-8137-0657-1／予価600円＋税

Now Printing

『意地悪御曹司とワケあり結婚いたします～好きになったらゲームオーバー～』 鳴瀬菜々子《なるせななこ》・著

平凡なOLの瑠衣は、ある日突然CEOの月島に偽装婚約の話を持ち掛けられる。進んでいる幼馴染との結婚話を阻止したい瑠衣はふたつ返事でOK。偽装婚約者を演じることに。「俺のことを絶対に好きになるな」と言いつつ、公然と甘い言葉を囁き色気たっぷりに迫ってくる彼に、トキメキが止まらなくて…。

ISBN 978-4-8137-0658-8／予価600円＋税

タイトル、価格等は変更になることがございますのでご了承ください。

ベリーズ文庫 2019年4月発売予定

『ワンコ系令嬢の失せもの探し～運命の恋、見つけました～』　坂野《さかの》真《ま》夢《む》・著

Now Printing

事故をきっかけに前世の記憶を取り戻した男爵令嬢ロザリー。ところが、それはまさかの犬の記憶!?　さらに犬並みの嗅覚を手に入れたロザリーは、自分探しの旅に出ることに。たどり着いた宿屋【切り株亭】で、客の失くしものを見つけ出したことから、宿屋の看板娘になっていき…。ほっこり異世界ファンタジー！

ISBN 978-4-8137-0659-5／予価600円＋税

『異世界トリップで出会った皇子さまは女ったらしっ？』　若菜《わかな》モモ・著

Now Printing

剣道が得意な桜子は、ある日トラックにはねられそうになり…目覚めると、そこは見知らぬ異世界!?　襲ってきた賊たちを竹刀で倒したら、超絶美形の皇子ディオンに気に入られ、宮殿に連れていかれる。日本に帰る方法を探す中、何者かの陰謀でディオンの暗殺騒動が勃発。桜子も権力争いに巻き込まれていき…!?

ISBN 978-4-8137-0660-1／予価600円＋税